跨度新美文书系
*Kuadu Prose Series*

跨度新美文书系
Kuadu Prose Series

*Tie Yi*

# 铁衣

程步涛
◎著

中国文史出版社

**图书在版编目（CIP）数据**

铁衣／程步涛著. — 北京：中国文史出版社，
2020.1

（跨度新美文书系）

ISBN 978 - 7 - 5205 - 1109 - 4

Ⅰ．①铁⋯ Ⅱ．①程⋯ Ⅲ．①随笔 - 作品集 - 中国 -
当代 Ⅳ．①I267.1

中国版本图书馆 CIP 数据核字（2019）第 095152 号

责任编辑：蔡晓欧　薛未未

出版发行　**中国文史出版社**

社　　址：北京市海淀区西八里庄 69 号院　邮编：100142

电　　话：010 - 81136606　81136602　81136603（发行部）

传　　真：010 - 81136655

印　　装：北京东君印刷有限公司

经　　销：全国新华书店

开　　本：720×1020　1/16

印　　张：14　　　　字数：162 千字

版　　次：2020 年 1 月第 1 版

印　　次：2020 年 1 月第 1 次印刷

定　　价：52.00 元

# 目　录

## 辑一　永远是鹰

## 辑二　红蓝往事

## 辑三　仰望星空

辑一　永远是鹰

# 九月授衣

记得是入伍后的第一个深秋，连队要发棉衣了，我们在操场上席地而坐，听指导员做发放服装的教育。

指导员姓高，叫高峰。他说，他父亲给他起的名字叫高风，1948年参军时，文书笔误，将"风"写为"峰"，他一看，"峰"也不错，山之顶端，《蜀道难》中有"连峰去天不盈尺"句，豪壮得很，索性就改成了"峰"。

李白的诗是指导员随口念出来的，20世纪60年代初，连队战士文化水平普遍不高，多不知李白为何许人，更不知道《蜀道难》为何物。为此，我着实在班里得意了一番，摇头晃脑地背诵了一通"噫吁嚱，危乎高哉！蜀道之难，难于上青天"。之后，又胡吹海谤地侃了一番蜀道，无非是如何之险如何之高如何之峻如何之奇，把全班人唬得一愣一愣的。

二十多年后，我真的在川西的大山里走了一趟。在山间村店住下的当夜，我在记事本上写道：畏途巉岩，夜月空山，想起当年在班里吹蜀道，真可谓黄口小儿，不知天高地厚。

指导员知道了我在班里吹牛一事，全连在背包上坐下后，让我站起来，问我可读过《诗经》中的《七月》？可会背？我说，可能背不全了。指导员说，能背几句背几句。我平静了一下心情，便"七月流火，九月授衣。一之日觱发，二之日栗烈……"地背起来。背毕，指导员问，可能给大家解释解释？我又把自己的理解讲了一遍。指导员冲我点点头，说，你坐下吧，我也念一首诗给大家听听。然后，翻开一个小本念起来。那诗描写的是一位在大兴安岭修筑铁路的战士，在第一场大雪临降之际，收到家乡一个姑娘寄来衣物时的心情。诗句平易好懂，亲切感人。以后，我才知道，这是铁道兵一位叫周纲的诗人写的，题目就叫《九月授衣》。指导员念完合上本子，又问，谁知道孟姜女送寒衣的故事？唰地，许多人举起了手臂，显然大家更熟悉这个传说。于是，又有人站起来给大家讲述了一遍。

这之后，指导员才言归正传，说，下午发冬服，当兵了，夏发单，冬发棉，这是人民的关怀，我们要用练兵习武的实际行动感谢人民。大家鼓起掌来，天空秋阳正艳，一阵风吹过，金黄的梧桐叶从繁茂的树冠上徐徐飘落。

我至今仍认为，高指导员是我遇到的第一位将文学作品运用于连队政治教育之人。到机关工作后，每当春季和秋季下连队，我都下意识地询问，如今发放服装，可还进行专题教育？连队干部回答，把发放规定念一遍就行，规定上意义写了许多呢。

我不能责备基层的同志方法简单，每年发放服装时，规定都写得非常详细，意义、规格、方法、要求……条理分明。一年四季，话再好，也不能老讲呀，念一遍规定了事。可我还是觉着放弃这极富情感色彩的思想教育机会实在可惜，这可是连队诸多教育中，最可以展现施教者才华，将枯燥单调的教育艺术化的不可多得的机会哟。

对于由服装所传导的情愫，没有什么人能比军人的感受更强烈了。每次领取服装后，我总是放在床上，一件一件地端详许久。每在这时，心里就要热上好半天。"慈母手中线，游子身上衣"（唐·孟郊《游子吟》）、"寒衣密密缝，家信墨痕新"（清·蒋士铨《岁暮到家》）、"八尺龙须方锦褥，已凉天气未寒时"（唐·韩偓《已凉》）……这些浸透了亲情的句子，便无比生动地闪现出来。

大军征战，兵马未动，粮草先行。这粮草按现在的话说，就是后勤保障，衣物自然也在其内。古往今来，或陈兵布阵，或屯垦戍边，多则数十万人马，少则三两名士卒，千里万里，粮秣给养总能送到军帐之中，这粮草官委实功不可没。可做衣裳的人呢？赵洁如先生在他的《诗经选译》一书中，径直把"九月授衣"译作"九月要为官家做冬装"，这官家怕不只是县衙府衙皇亲国戚，还应包括挥舞刀剑驰骋沙场的军队。晨早，军队没有被服厂，这做寒衣的活计自然包含在摊派到百姓头上的杂役中。大名鼎鼎的豫剧艺术家常香玉唱红全国的《花木兰》中，不就有"穿的鞋和袜，还有衣和衫，千针万线都是她们连"的唱词嘛！至于在共和国创立的过程中，人民做军鞋、缝军衣、送粮草、救伤员，支援前方的动人事迹，更是数不胜数。那些珍贵的实物至今乃陈列在博物馆里。要不，陈毅元帅怎么会写出"靠人民，支援永不忘，他是重生亲父母，我是斗争好儿郎"的铿锵诗句呢？怎么会有"革命是人民用独轮车推进北京城"一说呢？

每次发放服装，我们便在操场列队，听到喊自己的名字，便走过去，按预先登记的规格号码一件一件地领取属于自己的衣物。当然，还要交旧，在换新之前，将应交的衣物洗干净交到司务长那里。那会儿，交旧时我最为难的是棉衣，尤其是双肩，总洗不干净，使上半块肥皂依然油脂麻花。因为整整一个冬天，只有那一件棉衣，每天训练执勤，枪在肩上，油浸灰蒙，肩头、领口、袖口，蹭得黢黑油亮。老兵便笑话我们这些新兵窝囊，脏了吧唧，像刚从烟囱里钻出来的麻雀。看看他们的肩头、领口、袖口，真的比我们干净许多。便想，今后得注意看看老兵们是怎样保持整洁的。岂料，就在这一年冬季，部队换装，冬服不再只是一件棉袄一条棉裤，新的冬装改成衬衣衬裤、绒衣绒裤、棉袄棉裤、罩衣罩裤，里外四层，表里全新。罩衣套在棉衣外面，脏了，随时脱下来洗净晒干再套上。

这是1964年桐叶飘落的时候，国家从"三年困难时期"中渐渐复苏过来，经济形势有了好转，军队的待遇也有了改善。我们穿着新式棉衣走在街上，招来许多羡慕的眼光。常有老乡拉住我们，看我们的棉衣，摸我们的棉衣，我们也打心眼里愿意让他们看。看完，老乡说，这棉衣好哎！我们便说感谢人民呀，老乡就会说不必不必，仿佛这棉衣就是他们做的。

回到营房后，我们便打趣老乡说的"不必不必"，可认真一想，怎么能说这军衣没有他们的贡献呢！我们这几百万军队，整个是人民用血汗养着的呢！于是，对军衣所包含的情感，理解又深了一层。回到连里，我把感慨说与指导员，指导员很高兴，说，出一期黑板报，让全连都谈谈对换装的认识。那期黑板报是我负责出的，总标题就叫《九月授衣》。我还写了几句编者的话，大意是领了新式棉衣，不能忘了人民还不富裕，要练好兵感谢人民。

指导员夸我编者的话写得好，说体现了人民军队的宗旨。适巧团政委来我们连，看了黑板报也说好。指导员便把我叫到政委面前介绍了一番。政委拍着我的肩膀说，小伙子，好好干！这是我入伍后的第一次站在团首长面前，心里激动得不行。

几年后，指导员被抽调到公安战线，我也调到团机关。指导员临走时我请假去送他，他问我，知道为什么夸你那期黑板报编者的话写得好吗？我摇摇头。他说，因为你看到了人民还不富裕。在战争年代，我们总说革命胜利了，日子就好过了，现在解放已经二十年了，人民的日子还是不好过。指导员没有再接着说下去。

高指导员到地方工作后没两年，部队又换装了。单衣一律是"三合一"的布料，即棉、麻、化纤各占三分之一。紧接着，冬服的罩衣也改成涤卡的布料，即涤纶的卡其布。新布料不仅挺括，颜色也鲜艳，绿得像一片新草，缀上鲜红的领章，精神得很。

和以往换装一样，这次换装给部队带来不小的喜悦，只是，这喜悦很快便过去了。穿上新棉衣后没几天，我们野营拉练来到一个村子，群众依旧热情无比地将我们迎进家里，依旧摸着我们的涤卡罩衣夸好看，依旧高高兴兴地给我们烧开水，炒花生……但不管他们怎样表达自己的心意，却掩饰不住生活的饥寒和困顿。团领导决定把在村子里驻训的时间由原定的七天改为一天，安排大家把自己背着的干粮袋留给房东一半，趁黎明前的夜雾离开了村子。村干部是唯一知道部队提前离开京区的人，他们站在村口一直举着手挥动，一直抱歉地说，等收成好了请同志们再来。我和电影组长走在团机关队伍的后面，走到村干部面前时，我看到电影组长背包上有一卷子写标语用的红绿纸张，便拍了一下那卷子纸，他马上领悟了，将那卷纸取下递给村干部，说，给学校用吧。村干部接过来什么也没说，握着电影组长的手一个劲儿摇。

走了一个多小时后，队伍在一条河的岸边停下来挖灶做早饭。天已经亮了，晨岚中，可见几座灰蒙蒙的村落，既无鸡鸣，也无犬吠，四野一片死寂。"七月流火，九月授衣……"转过身来，是政委在吟诵。政委说，你们宣传股就以"九月授衣"为题，编好这期《野营快报》，和你在连队时一样，一定要强调人民还不富裕，不，不是不富裕，是还很贫困。曙色里，我看见政委眼里有泪光在闪。

岁月如梭，1984年的国庆节，我是守着电视机过的。之后很长一段时间，一直沉浸在被国庆阅兵激起的高度亢奋中。部队的服装又换了，一色的八四式军装，给本来就雄壮无比的军阵增添了更多的英气。这一次换装，没有了过去那些愁郁，国家已经走上振兴之路，军队作为国家力量的象征，仪表自然也更被国家所看重了。

1984年换装的只是国庆节受阅部队，全军换装是第二年春天。一天，我们路过一家商店门口，几个售货员硬是把我们叫进商店，十分认真地询问新式服装布料、规格什么的。1985年还未重新授衔，职务级别是以布料质地区分的。我们大致解释了一下，她们便站远几步，打量一番，赞道，真漂亮！我们笑了，她们也笑了。是的，国家漂亮了，人民漂亮了，军队也漂亮了。走在街上，到处五光十色，姹紫嫣红，忽想起宋人刘克庄的诗《莺梭》句：洛阳三月花如锦，多少工夫织得成！那一瞬间，我真想立即回到刚入伍时驻守的那个海滨小镇，回到野营拉练住过的那个山村，就穿着这身军装，让乡亲们再看看我，我也再看看乡亲们。我还想去看看高指导员，我要听他吟诵《七月》，高指导员读过私塾，吟诵起来，抑扬顿挫，长音短调，无比动听美妙。

又是三年过去，军队第二次授衔并设立文职人员，服从军队改革大局，我们出版社改为文职单位。从1988年8月1日起，也就是从我军第二次授衔起，便不再着军装了。这是我感情上无法接受却又必须接受的现实。二十多年了，只穿军装，只穿惯了军装，穿上便衣，自己会不认识自己的。7月31日上午，细雨蒙蒙，全社人员在会议室举行向军装告别仪式。在总政门诊部工作的妻子也改为文职，昨天晚上，我们各自在洗净熨好的军装上重新缝缀领章。我们缝得很慢，三针五针的活儿，愣是缝了半个多小时，几次缝好又拆下来，比过来，比过去，生怕缝斜一丁点儿。我说，这哪是缝领章，分明是想拉住时间不让走呀！说罢想笑，却笑不出来。

8点40分，有着四十年军龄的老社长凌行正宣布：向军装告别仪式开始，奏《中国人民解放军进行曲》。我们全体起立立正，向墙上那面军旗行注目礼，进行曲磅礴激昂的旋律先是在会议室回荡，旋即冲出室外，汇入天际。开始，我们还跟着乐曲唱着，渐渐地，没有人再唱，一个个低着头，任泪水珠串般滴落。雨还在下，窗扇玻璃上小溪般流淌着一道道水痕，老天是为我们洒一掬理解的泪吗？从今日起，从此时起，军装不再属于我，"九月授衣"的诗句不再属于我，"九月授衣"在历朝历代所激起的军人的情感不再属于我。惜乎！痛乎！悲乎！

今年夏天，江淮大地暴雨成灾，灾后，政府号召人民捐赠衣物，我把军衣悉数拿了出来。妻子说，要不要留一套做个纪念？我摇摇头，说，取之于民，用之于民，不留了吧。

又是一度秋风，10 月，我去坝上某师，正赶上炮团在外驻训，便提出去看一看。部队驻在一个叫大滩的满族村子里，村道上，蒙着伪装网的车与炮排出数里地之遥。干部战士一律着迷彩作训服，精干可体，单兵，像一座峻岭、一道峭壁；队列，像一道长城、一脉山峦，给十月的坝上陡添勃勃生机。团长看我一直注意部队的着装，说道，眼馋了吧，怎么样？刚发的。

部队集合了，要去靶场进行实弹射击。刹那间，车炮启动，引擎轰隆，无际的草原上，腾挪着一条与天地浑然一色的巨蟒，巨蟒的尾部，扬起遮天蔽日久久不散的烟尘。

回到北京不久，我收到部队带来的一套迷彩作训服，来人还带来团长的话，穿不穿的，做个纪念。来人走后，我把那训练服穿上又脱下，脱下又穿上。妻子说，还是撂不下军装吧！我说，以为不穿了，就把它忘了，看来忘不了。

七月流火，九月授衣。一之日觱发，二之日栗烈……

忘不了的还有这诗句，还有这诗句蕴含的无比深邃、唯军人才能理解并领悟的情爱。

1991 年 12 月

# 永远是鹰

鹰实在是个高贵的魂灵。

若是在旷野上,你只需仰目一望,于那蓝天之下,时时都可见到,你看吧,它或作大弧度盘旋,或静止于一个点上,全凭一双强健的翅膀托举着,让人感受一种浩大空茫的辽阔。

十多年前的事了,一位朋友陪我登上沂蒙山中一个叫对崮峪的崮顶。于那悬崖处,朋友告诉我,1942 年 10 月,日寇对我山东根据地进行扫荡,为掩护山东省党政军机关二百余人转移,十四名八路军干部战士在崮顶坚守数日,弹尽粮绝时,从崮顶从容跳崖。朋友说,烈士的名字都是可考的,但他只记得其中一位营长的名字,叫严雨霜。

风正紧,万壑松涛如同十万面金鼓一齐擂动,向崖下望去,云遮雾障,一片迷蒙。远处,数百里层峦叠嶂、莽莽苍苍,绵延逶迤涌向天际。忽然,有一股气流垂直落下,崖下的云雾倏然散开,露出一片密匝匝的墨绿色林海,我突然预感到这一刻或许要发生什么,

**11**

眼睛一眨不眨地盯着崖下。就在这时，一阵噼噼啪啪的声响在林海中响起，紧接着，一片黑色的光点唰地从万树梢头弹向高空。我和朋友惊呼：鹰群！那鹰群在高空盘旋了一会儿，便极平稳地降低高度，于那林梢之上深情地舞动双翅，有一刻，连翅膀也不动了，雕塑般地定格在空中，这便有了让我们清点数目的机会，啊！十四只！我和朋友又是一声惊呼。云雾重新弥漫开来，那鹰群似乎有些恋恋不舍，缓缓地缓缓地上升，在与崮顶呈水平状时，一阵长唳，双翅一拍，须臾间便没了踪影。

我与朋友谁也没再说话，下得山来，复又回望那雄峙的崮顶，几乎同时说，是巧合。

巧合也罢，神佑也罢，十四只雄鹰向我们昭示了一页悲壮辉煌的历史这是无疑的。当年，十四名英雄跳崖时，是一种什么样的壮烈，只有那山崖知道，但山崖不会说话。而这十四只凌空而起的雄鹰却使我激动了好一阵子，以至许久以后闭上眼睛仍能看到它们的英姿，连翅膀拍打空气的噼啪声，也在耳边响个不停。

我们这个民族是十分强调气节的。严雨霜和他的战士们舍身跳崖，崖虽无语，但他们却从此尽可如屈原所云，"朝饮木兰之坠露兮，夕餐秋菊之落英"了；尽可如刘昼所云，"丹可磨而不可夺其色，兰可燔而不可灭其馨，玉可碎而不可改其白，金可销而不可易其刚"了。想想看吧，这该是一种何等恢宏的境界，骨殖融于泥土，灵魂傲立峰上，长风浩日，涧水松涛，而这鹰群便是在这种时刻出现的，便是在这种时刻向作为后人的我们，证明生命的价值。那一刻，我想起人民英雄纪念碑的碑文，那是由毛泽东撰写、周恩来手书的：三年以来，在人民解放战争和人民革命中牺牲的人民英雄们永垂不朽！三十年以来，在人民解放战争和人民革命中牺牲的人民英雄们永垂不朽！由此上溯到一千八百四十年，从那时起，为了反对内外敌人，争取民族独立和人民自由幸福，在历次斗争中牺牲的人民英雄们永垂不朽！

朋友仍在凝望崮顶，我问他在想什么，他说，该在崮顶立一座碑。我心里一热，我没告诉他，我刚才想到的是碑文。

离这件事十年后，我又一次见到了鹰，虽然只是一只，但却同样惊心动魄。

出昆仑山口，军用越野车沿青藏公路行驶了大半日，过了沱沱河后，车出了故障，停在一处垭口检修，我从车上下来，这里的海拔已经是四千八百多米。远处，昆仑山峰峦冰雪皑皑，近处，是一些虽已干枯、却在严冬里挺立着枝干叫不出名字的高原灌木。因为空气中缺氧，胸闷头疼，只是张大嘴喘着气在车前车后缓缓走动，全无一览高原胜景的兴致。当我转到越野车另一侧时，看到不远处有一群体量不小黑色的尤物，肆无忌惮地在过往车辆丢弃在公路一侧的杂物中觅食。我漫不经心地问了一句，是鹰吗？同行的中央电视台军事部总后记者站记者孟大雁笑了起来，遂以老高原的口吻介绍，这是乌鸦，昆仑山上的乌鸦个头大，乍一看像鹰。他停顿了一下，向四处望了一番，指着左前方说，你看，那才是鹰。顺着他手指的方向望去，不远处的一块岩石上，雄踞着一只苍鹰，它的利爪像嵌入岩石，所以风把它的羽翎吹得翻将开来，仍一动不动。最惊人的是眼睛，微有些眯，冷冷地望着远处的雪峰，这些觅食的乌鸦全然不在它的眼底。

我完全被这只苍鹰的气势所震慑，在那冷冷的眼神中，我读出了一种高贵；在那深嵌于石棱中的利爪上，我读出了一种坚贞。车修好了，引擎一响，乌鸦们轰的一下全飞开了，见我们无意驱赶它们，重又落下，继续翻弄那些杂物。而那只鹰，仍一动不动，一动不动。

这一晚，我们住在唐古拉兵站，夜空澄碧，低得仿佛伸手可触，一轮明月就挂在窗棂上。我们是为青藏线上的部队送新近出版的小说《血祭唐古拉》的样书，来到这片神秘的高原上的，小说的作者张鼎全是一位把自己的青春献给青藏高原的军人。如今，他身患绝症，正躺在西安一所医院的病榻上，静静地跋涉着他生命的最后里程。同上高原的还有这部小说的责任编辑江宛柳，她是一位女同志，一路上，又是采访，又是拍照，全不像我，几乎被这险恶的环境彻底击溃。我决不相信她的身体会强健于我，但她的意志却顽强得让我生出一个愧字来。窗外便是公路，因为铺的是沥青，月光下如一条钢铁的长龙。凭窗望去，不时有车辆驶过，间或有磕着长头的藏胞，正夜以继日地前往拉萨朝觐。再往前走，翻越唐古拉山口，过安多，便是藏北草地了。

我们到这青藏高原干什么来了？仅仅是送一部小说的样书？仅仅是安慰一位行将归去的军人的心？不，我们也是来朝觐的，朝觐这片圣土上生长的一种高贵的精神。就在看到那只鹰的一刹那，我立刻感悟到了，那鹰，就是我们要寻找的精神象征——圣洁的高原的魂魄！

就说这青藏公路吧，六月飘雪，在城市，那些俊男靓女怕会喜得跳起来，而在这儿，汽车兵们就得随时提防被风雪所堵所困，躺在医院病榻上的张鼎全就被风雪围困过。他让战友们结伴去牧区求救，自己和车辆厮守在风雪中。酷寒难耐，一切能点燃的东西全都烧了，若在平时，这该是多么浪漫的篝火，但在这里，因为缺氧，火，总也烧不旺，可怜得像一豆萤火。就这么着，他坚持了三天三夜，同志们回来时，他几乎成了一个冰人。他们的价值是什么，是祖国西部的繁荣和稳固，是青春铸成的共和国的一条大动脉。内地的人们啊，你们闲暇时，可曾望过一眼地图上那片赭黄色的高原？要是没有，我建议你望一望，那片圣土给我们的何止是长江黄河，何止是长江黄河浇灌的文明与传统，还有圣洁的品质和高贵的精神！

回到格尔木时，我们特地去了郊外的陵园。瑟瑟寒风中，骆驼刺和芨芨草护卫着一个个沙堆的坟丘，陵园无墙，简陋的墓碑大都残破了，有些墓连简陋的墓碑也没有。长眠在这里的，都曾是和鹰一样矫健的军人，他们的翅膀折了，再也飞不起来了，他们不愿意离开这片土地，于是便化作了这片坟丘……

记得那天云很重，加上风沙，天空迷蒙得厉害，我知道，今天我不会看到鹰了。我原希望在这片墓地上空也能看到鹰的，就像在对崮峪，猛然出现一群雄鹰在我们头顶飞旋、腾升，让我们再一次感受悲壮与辉煌。

下午，我们乘火车穿越柴达木盆地回西宁，傍晚时，风走云散，一片血红的暮色斜映着昆仑山银白的峰峦，我断定那儿一定有鹰。我们这个时代正进行着从未有过的变革。这变革不断地改变着人们的思想观念、价值标准、行为方式。但无论怎么变，气节是不能变的，就像鹰不屑那些乌鸦们。精神、信念、理想不能丢失，也不容丢失。

我终于又看到鹰了，那是不久前的一次苏北之行。这是一个经济刚刚起步的临海的小县，县境内有一山，原名叫马鞍山，抗日战争时期，八路军第 115 师教导 2 旅在此山建抗日烈士纪念塔后，百姓便称其为抗日山。半个世纪下来，这山的原名便只留在史志里了。中华人民共和国成立后，数次修葺，如今已是亭塔耸峙，碑碣如林，松柏常青，花木峥嵘，成为当地进行爱国主义教育的一个基地。

事情是近年发生的。秦始皇时，这个县有个叫徐福的方士曾东渡扶桑。实行改革开放后，常有扶桑之客到此交流文化，洽谈贸易。既然到此，自然要到处走走看看，抗日山便成了令他们尴尬的地名。有一财大气粗的日本企业愿意投巨资在这里建厂，但有一个条件，把抗日山的名字改回马鞍山。对此，当地官员作何感想不得而知，反正百姓说话了，把他们的国库搬来也不改抗日山的名字！这事在当地很令人骄傲地传扬了一阵子，都感到无比的扬眉吐气。

我曾在驻守这个县境内的一支部队服役数年，那时，每年清明，我们都要到抗日山祭扫，以表达我们对先烈的崇敬。听说群众为捍卫尊严拒绝了巨额投资，我激动不已，专程又去了次抗日山。沿着数百级石阶登至塔下，近午的阳光里，那塔显得格外壮丽，塔顶持枪而立的八路军战士雕像，被阳光镀上了一层灿烂的金色。怎么那么巧，就在我仰望塔顶雕像时，一只鹰落在了雕像手持的步枪枪刺上。俯瞰山下，五月的大地正流翠溢金，举目塔顶，那只雄鹰与雕像浑然一体。顿时，我感到浑身血沸如炽，我轻轻地，几乎是踮着脚走下石阶，我不敢弄出哪怕稍许动静来，我怕惊飞了那只鹰。

晚上，我在笔记本上记下这篇散文的标题：永远是鹰。

1994 年 8 月

16

# 望　南　方

八年前的 5 月末，我从老山前线飞回北京，妻子已在家中做好饭菜等候，并一改家里限制饮酒的习惯，满斟一杯放在我的面前。我想说些什么，嘴未张开，热泪便夺眶而出。我站起来，面向南方，将酒杯举过头，少顷，弯腰洒于地上，复一杯，又一杯……妻与儿子皆愕然。

南方啊，这辈子，你将永存于我的记忆中了。

此前，我也去过云南，甚至驱车几近走遍与云南接壤的中缅、中老、中越边境。那是 1982 年底，中越边境自卫还击作战已经过去整整三年，但那条边境线还没有完全平静。记得那夜在扣林山，我们几个执意要站一班岗。年轻的排长拗不过，便将黎明前的那班岗派给了我们，但有一个条件，得由他带岗，因为咫尺之遥便是越军的阵地。

凌晨三时，我们从掩体里走出来，接过武器，验枪后压上实弹，伏在前出阵地十多米的一个哨位上。四周沉寂得像死去一样，无风，草不摇，树不晃，界河的涛声沿山体传来，许是峡谷太深的缘故，涛声显得很遥远，让你想到先人们把大自然的风声水声称为天籁是多么准确生动。

天渐渐亮了，一层薄雾在眼前缭绕，从对面山头传来一些声响，因为树木遮掩，看不到人影，但那无疑是刚起床的越军在他们阵地上弄出来的动静，紧张对峙的一天又开始了。

早饭后，我们下山。路边时有弹坑出现，只是已经长出新草。照样不可越雷池一步，这小道是用生命踩出来的。扣林山刚收复不久，越军在战前布下的地雷尚未完全排除，有的就在小道两旁，龇牙咧嘴地向人们显示着死亡的狰狞与恐怖。

边防团机关在麻栗坡，离开时，我们顺路去了一趟烈士陵园。那时，陵园里埋葬的烈士多是在扣林山战斗中牺牲的。团长告诉我们，那陵园里有一个女兵，是被地雷夺去生命的。说罢，便要告诉我们那个女兵的姓名和墓地位置。我们说，不要告诉，让我们自己找。原以为通过墓碑上的铭文辨识一位女兵不是问题，岂料，我们在墓碑间往返数趟，竟无法确定哪个名字是那个女兵的姓名，因为烈士们的名字都很响亮，不带一点温情与娇柔。

没有辨识出来也好，那是一群兄弟姐妹，在血与火中，他们已经凝成一个象征，这个象征便是祖国的尊严，便是为了祖国的尊严，这一代人所付出的代价。

我这样对自己说。

1984 年 4 月末，云南边境战火再起，老山继扣林山之后，又成了人们关注的焦点。春夏之交，我猫在半山腰一个只容得下两个人的帐篷里，四周不时有枪炮声传来，我的日记中，记着那天的两件事。

一件是，一支驮队向阵地上运送给养和弹药，路又窄又险，一头骡子失蹄顺山坡滑下，山坡无树，光溜溜直抵谷底，那头骡子翻了几个跟头滚落下去。其他牲口都惊叫起来，军工们好一阵忙活，才把牲口稳住。良久，有爆炸声从谷底传上来，有人说是那头骡子驮的弹药爆炸了，又有人说那骡子驮的是给养，是触到了谷底的地雷。便有人问，那么深，哪来的雷？一个嘶哑的声音回答，双方都埋，太多，早乱套了。

另一件是，工兵连在阵地前沿布完雷回来，在一株大树下休息。我们上前道，辛苦，埋了多少？连长答，一万来个吧。我们惊得咋舌，这么多，怎么埋？连长又答，埋什么，往前扔就是，滚哪算哪，谁踩着谁倒霉。

临别，我们与工兵们合影。那照片颇有火药味儿，光着头的，敞着怀的，扛着枪的，提着锹的……至今还在我的影集中。

地雷，交战双方布下的地雷，把边境两侧方圆数十里变成了一片死地。

云南是一片多诗多情的土地，也是一片多灾多难的土地。说它多诗多情，只一句四季如春，便足以展开无限的想象。说它多灾多难，是因为那里并没有因为春天常驻便温馨可人。多少年了，大大小小的碰撞一直就不曾停止过。除了军人，还有谁注意过这些呢？人们的目光更多的是投向密林深处的竹楼，投向澜沧江两岸绮丽的风光，投向泼水节的热烈和一衣带水的胞波友谊……当然，这些美丽是真实的，但碰撞也是真实的，只不过人们不曾关注而已。

1979 年的初春，数万大军自云南广西全线推进，猛力惩罚了那个昔日"同志加兄弟"的不义。后来，又收回扣林山、法卡山、老山、者阴山。自那时起，一年又一年，隆隆炮声传至千里万里。

有炮声也就有牺牲。20 世纪 70 年代末的那场自卫反击作战结束不久，我自瑞丽沿边境向东，自金平起，屏边、河口、马关、麻栗坡……每一地都能看到墓碑如林的一面山坡。在屏边，陵园分作两处，隔一条山谷相望。问为何不建在一面山坡？答曰，1979 年初，有两支部队从这里出境作战，墓园是他们分别修建的。在麻栗坡，扣林山战斗结束后，墓碑还是不大的一片，老山战斗后，陵园面积一下子扩展了数倍。收复老山后不到二十天，我和中才、嵩山君离开南温河时，采了满越野车的山花，准备献给陵园里的烈士。应该说，这是我们返回北京前要做的第一件事。陵园里，有我们相识后牺牲和牺牲后相识的战友。在车上，我们把山花分成了若干束，打算放在那些熟识的战友墓前。当我们走进墓园时，一下子惊呆了，旧坟新冢，排满一整面山坡，高处，还在挖着新的墓穴。一时间，我们竟不知如何献上花束，因为所有长眠于此的人我们似乎都曾相识，心里一热，便有眼泪从脸颊滚落。我们默立良久，而后，一座墓前放一枝山花，山花放完了，中才君把进陵园前在路边买的两包"阿诗玛"牌香烟一支一支点着，挨着坟冢摆好……

回到北京，听说战地建了火化场，烈士的遗体不再掩埋，火化后，在参加轮战的部队撤回时，带回原驻地或送烈士家乡掩埋存放。这就有了那部因描写南线战争而轰动一时的作品中的一个细节：子夜，参战部队撤回驻地，城市因不知他们回来而正在安睡，有阵阵花香漫过宽敞的街道，众多的军车中间，有一辆车头系着黑纱，车上安放着烈士的灵骨……

自老山回来，迄今已经过去了八年，我没有再去过云南，但我无时不思念那片赭红色的边土，这不仅是因为我曾作为参战部队的一员参加了那次战斗，更多的是因为那片边土、那些墓群，给了我过于沉重的思考。

战争这个恶鬼，自来到这个世界后，便遭到人类一致的诅咒。有了文字后，人们便用各种方式怒斥战争，呼唤四海一家的大同世界。然而，战争并没有因为遭到诅咒而消失，相反，伴着人类的成熟也一天比一天更为成熟，成为一些人、一些国家威胁他人和他国的工具。马克思诞生前，人们把战争归结于神，归结于性恶、自然与偶然。马克思学说诞生后，则直接把战争起源归结于阶级社会经济形态所固有的现象，是阶级政治的继续。自古以来，战争就分为正义和非正义两类，正义和非正义的主要区别则在于其是促进还是阻滞了社会的进步。到了当代，辨识战争性质，重要的是认识我们所处的时代和时代的内容，即：人类社会在一定历史时期相互关系划分的社会发展阶段和特定时代不同时期的主要矛盾及其发展过程。

上述文字是列宁的战争观点。我写下这段文字是以此比照发生在南方的这场旷日持久的边境战争。我无数次地在深夜为这些思索折磨得苦不堪言而凭窗南眺。每在这时，那一片亚热带丛林便像放电影似的在眼前闪现，最后定格于那一片墓地。

枪炮声终息去，焦土长出新草，断树萌发嫩芽。忽一日，有朋自南方来，说，边境在排雷呢，那边也在排。我一怔。不几日，又有远朋来，说，我在船头赶街来，那里有了集贸市场了。船头是老山对峙时，双方火力都能控制的一个边境小镇。再往后，便是北京的朋友从南方回来，说，我去友谊关了，边境来往挺频繁，那边净用鸡鸭狗肉换我们的日用品什么的，城楼没有修葺，弹洞还历历在目……终于有一日，报端出现了云南广西中越边境贸易活跃的消息。我要通了昆明一位同在老山参战朋友的电话，那家伙在电话里大咧咧地道，麻栗坡热闹起来了。我问，陵园呢？还是那样，那家伙回答。一时间，我竟不知道再和他说些什么。他在电话里继续喊，快来一趟吧，我陪你去老山，公路快修到山顶了，阵地都成了观光景点了。放下电话，我向窗外望去，东南可见人民英雄纪念碑的碑顶，西南可见北京急救中心的楼顶。一个是生命终结后的雕塑，一个是极力挽救生命的所在，我不知道那一刻这两个截然不同的建筑何以会同时进入我的视界，它们和南方有什么联系？它们又各自和相互证明着什么？

又是一年金秋，盛大的亚运会在北京举行开幕式。那个与我们刀枪相见了十年之久的国家的领导人一身戎装站在主席台。我忽然想起，边境那边也有一片片墓地的，每年也有人在墓地祈祷、祭奠。这时，开幕式开始表演团体操，安塞腰鼓敲打得整个大地都在震动，我走到楼下院子里，夜风习习，颇有些凉意，天上有云，星光时隐时现。那一年，我躺在老山阵地上，也是这样看星星的，也是有云，把星光弄得扑朔迷离。这么多年过去了，天空依然是这片天空，星星也还是这些星星，但我们居住的这颗地球变了，居住在同一颗星球上的人也变了。十年干戈，就这么化为玉帛了吗？一个声音在问。十年够漫长的了，该结束的都要结束。一个声音在回答。那一片片墓地呢？站在墓前，我们该说些什么？一个声音又在问。生命的价值也是由时代定义的，他们在时代需要的时候站了出来，他们无愧于这个时代。一个声音再次回答。两个声音的对话一直持续到深夜。

这些年来，反映南部边境那场战争的文学作品多多，我自己也

22

写过一首诗叫作《战争漫想》，诗中有这样的句子："千百年来，战争与和平如日出日落/犁铧耕耘/厚土掩埋弹片/良田泼血/阡陌变成冲击的道路/一些人刚刚卸甲归曰/一些人又被战神驱使和招募"，我还写道："战争就在我身上止住该多好/哪怕是七尺之躯/瞬间变成一抔边土。"也许，这场边境战争实在太特殊了，来得兀然，去得也兀然。当良田不再泼血时，当厚土掩埋弹片时，自己反而惊愕起来，反而不相信宁静真的已经降临那片边境。

还在边境战火正炽时，便有朋友在探讨这场在本质上并没有输赢的战争中我们的得到和付出。曾几何时，边境全线开放，贸易如火如荼，那些当年没有结论的话题自然而然又提了出来。我们这个无论什么事情都非要穷其究竟的民族啊！

军人的生命价值不仅仅属于个人，更属于一个群体。这个群体包括我们这个民族几千年来所有请缨报国的人们。从这个群体，人们感受到的是一个民族的孔武精神和不可欺不可辱的意志。对于后人，要紧的是继承这种精神和意志，而不是求证某一个体生命在某一场战争中的得失荣辱。况且，民族与民族之间、国家与国家之间的争执冲突、正义与否、孰是孰非，也不是以大小贫富强弱而区别的。每个民族都在书写自己的历史，都在铭记自己的军队和英雄。

我真的该去一趟南方了，八年了，这个念头从来没有像现在这样强烈过。我想去寻找已经成为过去的惨烈，也寻找属于那个时代的光荣。我的第一站会是麻栗坡，是老山，我想在边境集市听一听热烈的市声，然后去陵园旦，在那一排排墓碑间踱步，思考……

1992 年 9 月

# 船夫号子

在我已经过去的近三十年的军旅生涯中，差不多有一半时间是在大海边度过的，而在海边的这一半时间里，又几乎每天都是伴着号子度过的。我说的号子不是通常所说的号子，那种号子，随便往哪个劳动工地一站就能听到。我说的船夫号子，准确地说，是苏北沿海一带渔村里的号子。这种号子没有具体文字和内容，只是一句接一句地哼哟咳哟，粗犷时喊得惊天动地，晓畅时唱得如水走云飞，委婉时哼得你牵肠挂肚，那种感觉实在是妙不可言。但是，你要真正领悟这号子的绝妙并不容易，那些年，我曾悉心学唱这种号子，到后来，有几段也能唱得出神入化。然而，越是这样，越感到这号子深奥得难探究竟。如今，自己依然会莫名其妙地哼上几句，是往事碰响了心弦，还是这号子的奥秘在鼓荡，说不清楚。

算起来，那是二十九年前的事了，我们几个新兵刚刚补入连队的第二天，班长说："走，领你们串串门儿。"说罢，把军用挎包标准地左肩右斜着一背，领着我们向附近的一个渔村走去。

班长姓马，沂蒙山人。班长说，他们家乡是山旮旯儿，连水也少得可怜。瞧这儿，这眼前的海，这湾里的船，多爽气，多威风，眼界有多宽，多远，一辈子也看不够的。也许就因为这，昨天吃过晚饭，他便带我们几个上了船，他让我们几个和他一样，脱了鞋，赤着脚使劲跺舱板，一边跺，一边说："瞧，多结实，什么风浪也不怕。"说得渔民们哈哈大笑。

马班长在我们分到连队的当年底就退伍了。离开连队那天，飘着小雪，他遥遥地望着海湾里的船桅，一动不动。我知道，这些年，班长学会了一身船上功夫，连渔村里的人都说，马班长可以上船当老大了。昨晚我站游动哨，在操场上，听到指导员对班长说："回去当个好舵手。"我不明白指导员的话，沂蒙山没有船，有一身船上功夫又怎样呢？

班长带我们串的门儿，住着个方圆数百里赫赫有名的人物，人们都叫他铁老大，那年已经七十多岁了。他在海上的故事足足可以写成一部传奇。就说一件吧，铁老大四十岁那年，因为不愿意为海匪掌舵，被海匪扎瞎了双眼。海匪以为他再也出不了海，哪知铁老大照样撑帆操舵，纵横海上。海匪再次绑架了他，把他关进船舱在海上转悠了三天后，拉上舱面，问："现在到哪里了？"铁老大把右手食指往嘴里一含，然后向上一举，试了试风，又从怀里掏出一个系着长线的小铁砣，沉到水底，复又提出，用舌尖舔了舔粘在砣上的泥沙，说："又回到原地了。"海匪惊得咋舌，全部跪在舱面上，恳请铁老大为他们掌舵。铁老大摇摇头，只说了一句话："放跳板，送我回村。"

那天，班长把我们领进铁老大家里，从挎包里取出一瓶洋河大曲，恭敬地叫了一声："老大，班里来了几个新兵，我领他们来看看您，给他们唱几句号子吧。"

我知道班长为什么不让老大讲他那些传奇的海上故事，却让他唱号子给我们听。据说，铁老大的号子和他使船的功夫一样了得，上了年纪，出海少了，号子却没少喊，每有新船下水，便有人请他去领唱号子，我就是在那天第一次听到这种号子的，而且一下子被攫住了心。那天，铁老大呷了一口酒，用被大海磨砺得又粗又硬的手掌击打着桌沿唱了起来。他的嗓音低沉浑厚，虽有些嘶哑，却无比苍劲。他脸上那储满七十多载风声浪声的刀刻般的皱纹，随着号子的节拍轻轻蠕动。我眼前幻化出一些模糊的图景，是桅，是樯，是帆，是舵……渐渐又幻化成白茫茫的大海，复又成为眼前这个雕塑般的老人。

那天，我完全被这船夫号子所折服，以至对铁老大到了崇拜的程度。我当时便认为，这种号子，只有把大海当作魂灵的人才能唱得出，只有唱得出这样的号子的人才配当舵手，才能在海上叱咤风云。

打那以后，我越来越感到这个渔村与号子联结得是那么紧、那么密不可分。

春天，船队出海，压倒送行的鞭炮和锣鼓的是号子，渔船归来，码头迎接的亲人唱的是号子，连织网的渔姑哼的都是号子而不是渔歌。在海上，这号子唱得更是热烈而疯狂，升帆，调舵，下网，收网……都唱，而且音调绝不重复，抑扬顿挫，千变万化，只是没有词语，只是哼哟咳哟。

有一次，我在黔东南黎平县的一个侗族寨子里听侗族大歌，那是一种无伴奏的自然分声部的男女混声合唱，歌唱者是寨子里的侗族群众。那大歌的确是令人陶醉的大自然的音韵，高山流水，鸟语花香，尽可以在歌声中感悟享受。一位陪同的同志说，侗族大歌曾在巴黎音乐节上引起轰动。我想，若是有人将船夫号子整理出来登台演唱，也一样能引起轰动。

每次船队出海，铁老大都是中心人物，村里的干部和船老大们簇拥着他，在村人排成的夹道中来到港湾。每次，铁老大都要登到船上，摸摸桅杆摸摸舵，摸摸缆绳摸摸帆，然后下船，就在铁老大踩到地面的一瞬，号子便惊天动地地唱起来。这一瞬，所有在场的人脸上，都会泛起一种神圣的光芒，连我们这些远远地望着这一盛典的军人也概莫能外。

是 1965 年 7 月 1 日下午，我们几个刚加入中国共产党的新党员，在连队饭堂当着全连同志的面举行入党宣誓。刚把握紧的拳头放下来，连长扶着铁老大走了进来，指导员立即说："大家鼓掌，欢迎铁老大给我们唱号子。"全连同志便拼命地拍巴掌。

看来，这是连长指导员安排好了的，铁老大在队列前面站好，右臂向上一举，一声猛喝，唱将起来。随着号子的旋律，老人双臂双脚极有节奏地挥舞和踩动着，越唱越动情，越唱越专注，那气势、那神态，真的如雄狮吟风猛虎啸月一般。

到 1965 年，我在这个连队已经待了两年，我已经能够听懂老人在号子里倾注的情感和诉说的风雨。如果说第一次听老人唱号子时，眼前幻化的景象只是一种想象，现在，我眼前浮现的却是再真实不过的图景了——狂风巨浪像抛弄一片片树叶一样，抛弄着一条条渔船，阴云卷过来了，海面突然昏暗，猛地下沉，奇形怪状的云块，像一群亡命逃窜的野兽，嘶叫着掠过一根根桅尖，船老大镇定地扳着船舵，指挥着砥柱于波峰浪谷间的汉子们落帆调樯，这是信念与意志的锻打，这是人与命运的抗争。突然，从波浪的弓背上弹起一串黑色的光点，那是海鸥，在这惊心动魄的搏斗中，给人们以力量的鼓舞。又一串光点飞起来了，这次不是海鸥，是船夫们在这万千险阻中喊出的号子……终于，大海平静下来，海水由黑而绿而蓝，涌也止了，浪也息了，大海又成了一面巨大的洁净无比的镜子。眼前那团火球是什么？啊，是太阳，是刚刚被风浪淘洗了一遍的太阳。船夫们欢呼起来，船上的四根桅杆全都挂满帆，直奔太阳而去……我又回到现实，全连同志正和铁老大一起唱号子，这号子在饭堂里产生巨大的回声，穿破屋顶，向空阔无比的海天之间飞去。

又一年过去，我调离这个连队，去一个驻岛连队任职。行前，我去向铁老大告别，我还想再听铁老大唱几句号子。问遍全村，竟无人知道铁老大的去向。指导员赠我的一句话，和当年他赠给马班长的一样："去吧，当个好舵手。"这时，我已经明白指导员说这话的意义，我背起背包，立正，向指导员敬礼，然后，告别了连队，告别了这个我永远不会忘怀的渔村。

上岛后不久，有一条渔船在我们岛附近触礁，渔民被我们救上岛来，船却沉没了。不知怎么回事，船体沉没了，桅尖一直在水面上露着，三天之后，才缓缓地沉入海底。那三天，渔民们蹲在岸边，茶饭不思。我问船老大："在这里怎么能触礁？"

老大不语。

我又说："你知道铁老大吗？他的两只眼睛都瞎了，照样出海，而且从来没有出过事。"

这次老大说话了，问我："你认识铁老大？"

我点点头。

"铁老大死了。"那汉子哽咽起来。

听说铁老大死了，我的眼泪一下子涌了出来。我急急地擦了一把，和这些渔民一起，呆呆地望着正一点一点没入水中的桅尖。不知是谁哼起了号子，大家都跟着唱了起来，声调悲怆而忧伤。远处，晚霞似火，海面如血，斜阳投入海中，把沉在水中的渔船映得通体透明，清清楚楚，在桅尖没入水中时，号子停住了，随即，是一群汉子撕心裂肺的号啕……

登陆艇送渔民们回陆地时，我请假出了一次岛。我没有先回老连队，在渔村问清铁老大的墓地位置后，借了一把铁锹，径直奔去。

铁老大的墓地在临海的一面山坡上，无碑。我先给铁老大的坟添了些新土，然后，拿出带来的一瓶酒，沿坟茔洒了一圈。洒完，把剩下一些酒的瓶子恭敬地放在坟前，在一边寻了块石头坐了下来。

铁老大死了，没人能再唱那么好听的号子了，我在心里说。可是，我分明听见有人在唱号子，我站起来，眼前是蓝得诱人的大海，两旁是凉得沁人的山风，我疑惑是产生了幻觉。可号子还在唱，而且越来越近。我转过身，指导员已站在我身后，号子是他唱的。我不知道指导员是什么时候学会的号子，而且唱得这么出色，我和指导员紧紧地抱在一起。

我说："我以为听不到号子了。"

指导员说："不会，大家都会唱。铁老大下葬时，周边村子的人们都来了，这面山坡站得满满的。铁老大用号子召唤人们生命的力量，人们用号子为这颗大海的魂灵送行。"

29

弹指一挥，二十多年过去了。

去年7月，我回了一次老部队。指导员后来就地转业，在一家渔业公司当党总支书记。我约他一起去看看铁老大的坟。他在电话里停顿了一下，说："那面山坡在扩建港口填海时炸平了。"我听懂了指导员的话，铁老大孑然一身，无儿无女，他是随着那片山坡投入海里了，对于一个一生恋着大海的人，这或许是最好的去处了。

指导员说："明天公司的船队回港，可以听到号子。"我问："谁领唱?"指导员说："我，够格吗?"我连说："够，够，一定去。"

这一夜，我怎么也睡不着，老觉得有一片水珠迸溅起来，紧接着是一排排波澜，缓缓地涌起，又缓缓地退去，铁老大就站在那浪花间唱号子，他的右手还是那么有力地挥动着，号子声和浪声融在一起，分不清哪是号子哪是浪。在他的身后，阳光把波浪褶成千万道金箭，呈辐射状向四下散去。只是不知道为什么铁老大没有被映成金色，他还是和那天在连队时一样，那么威严，又那么亲切。

1991年6月

# 遥望远山

　　小时候没见过山，甚至没见过一块石头，直到在县城上学时。县城西侧有一道数百米长的古老的城墙，城墙下边是一面数十里方圆的湖泊。站在湖畔西望，可见一道山脊，那是大别山的余脉，晨岚夕照里，会变幻各种不同的形态。最妙时是在雨雾之中，烟也迷蒙，水也迷蒙，迷迷蒙蒙中，那山便游动起来，腾挪起来。而风停雨霁时，那山脊又会披上绚烂霞彩，金红的光柱直上天空，把那些云朵穿成了串，美丽得让你不肯眨一下眼睛。

　　语文老师是个老夫子，时不时弄些古诗让我们背。于是，杜子美的"造化钟神秀，阴阳割昏晓"之类的句子，因并不甚懂其意，被我们念得支离破碎。只有"荡胸生曾云"一句，让我好生感慨了一番。因为站在湖畔望山，真的有层云从胸中涌出之感。

　　只是望山，直到参军离开这座县城，也没有到湖对岸去攀缘一次。带着山的神奇，带着关于山的传说，我走进了军营，湖对岸的远山成为梦里故乡。

没有想到的是，从未登过一次山的我，在以后的十多年里，竟昼夜与山为伴。因为军营便在山中，早也攀登，晚也攀登，半夜紧急集合，目标喊的也是某某岭某某峰。这时，山的神奇便全没有了，山路崎岖，巉岩峥嵘，林涛肃森，鸟兽喧吼，刚到连队时，于那月黑风高之夜，独自沿着山路上岗下岗，虽背着一杆钢枪，浑身仍不时激起一层鸡皮疙瘩。要是遇上突兀而来的情况，比如猫头鹰或獾或黄鼠狼什么的猛地从身前身后掠过蹿过，会惊得连忙缩身于树后或石旁，瞪大眼睛观察半天才敢继续前进。当然，也有放松甚至放肆之时，于天高气爽之日，攀上峰顶，脱去衣服的羁绊，只着一条裤衩，四仰八叉地躺在石上，享用天风和阳光；或在训练之后，在山溪里舀起一盆涧水，从头到脚淋个痛快。这时，你才能感到山的亲切和它所能给你的愉悦。

　　身在山中，自然不再遥望远山，久而久之，远山的那种朦胧、神奇也就越来越淡。一次参加渡海演习，在船上颠簸了七八个小时后，登上一海岛，见正前方有一条朦朦胧胧的山脊，逶迤蜿蜒如云龙腾挪，问是什么山？便有人铺开地图，看后，说，五莲山，系沂蒙山脉。

　　沂蒙山！我的心剧烈地颤抖了几下，这就是大小七十二崮，有过无数壮烈故事，用乳汁哺育过革命的沂蒙山！演习在海岛上持续了数日，只要有暇，我便站在海岛最高处，久久地望那远山，望那沂蒙，小时候眺望远山的感觉全找了回来。当然，对山的内涵的理解与认识全不一样了，因此，望山时便格外投入，格外凝注，望得如醉如痴，如梦如幻。

　　演习结束，返航时，在望见大陆线的同时，也看到一条山脊，这便是拥抱着我们军营的那座不甚出名的山了。但这时，这山一下子却和我亲近起来，此后再在山中行走，一草一木，一土一石，都有了一种启迪意义。就说路吧，高低不平，崎岖陡峭，攀缘时累得你大汗淋漓，个中艰辛，不曾登山的人无论如何是想象不出来的。至于登上峰巅之后的愉悦，更是非登山之人不能意会的——红日临顶，白云绕身，人马盘空，烟岚返照，环顾四野，一股豪气油然而生，你所目及的一切，顿时都变得辉煌起来。正因为如此，每次登山之后，虽累得精疲力竭，但精神却格外亢奋。下山时，常放肆地大喊大叫，那回声也就在山谷里撞来撞去，在树柯间、崖畔上飞去蹿来，惹得鸟兽不宁，把整个大山搅和得喧闹无比、生动无比。

山就这样和我连在了一起。

这些年，因为职业的缘故，我曾在沂蒙山、井冈山数日盘桓，寻找历史留在山路上的烙印与刻痕；我曾在长白山的密林中穿行，饱吮冰天雪地上那旷达莽荡的浩气雄风。在南部边山，我曾在被史书记载为"瘴气蛮烟"之地的哀牢山驱车穿行；我曾在老山的猫耳洞里，听那摇晃天地捍卫尊严的大炮的轰鸣；我还在峨眉山中的万年寺客房夜宿，伴着林涛涧水晨钟暮鼓，看殿前偌大的香炉里日夜不熄的青烟；我还在青藏高原遥望喜马拉雅山和昆仑山的冰峰，看那朝觐的藏民在佛号的呜呜中，虔诚地磕着长头……在我的心里，山越来越成为神圣的净地。

想想吧，在我们这个世界上，还有什么能和山相比呢！它高大，它巍峨，它苍茫浩荡，因而它胸怀如海，气度砥天。百川离它而去，它不气恼；万木被伐于地，它不怨尤；它一年一年地积寒霜冰雪融化为水，执着地滋养脚下的土地；它默默地迎接甘霖呵护幼苗，等待着长成栋梁的日子。还有我们山里的百姓，他们善良，他们质朴，他们慷慨，他们坚韧，他们至高无上的情怀无人能比！有一年，我在赣南梅岭走了三个多小时，在一面山坡上找到了所要寻访的人——她已经八十多岁了。1935 年，红军离开瑞金后，留在赣南坚持游击战争的陈毅同志遇到在田里薅秧的她，向她要了一点大米，给了她两块钢洋，于是，她认定陈毅他们是好人。那是风雨如磐的日子啊，从那天起，直到赣南的红军下山参加改编，只要红军经过她的这座近乎窝棚的住房，她都会拿出粮食给红军而且不收分文。我见到她时，她正在院子里喂鸡，她的头发全白了，从笸箩里抓一把米撒到地上，那些鸡们便咕咕叫着啄食，像一团团花朵围着老人。我远远地看着她，直到她喂完鸡，才走到她的近前。还有一次，我去沂蒙山看望一位在山里落户的老八路战士。正值春天，青黄不接的日子，我捎上了一袋面，车开到离他居住的地方还有十多里地时，公路到头了，只好下车步行。扛上那袋面没走多远便气喘吁吁，尽管是两个人轮着扛。这时，后面上来一个老乡，问明我们是去看老八路的，不由分说，夺过面袋扛在肩上，一直把我们送到老八路的门口。我要给他几元钱，他说是看不起他，摆摆手，大步流星而去。而在山外的城市里，这些年来，一些人恨不得连向他问路都要收取问路费呢。

我去唐古拉山兵站时，听说有台湾来的两口子在山上支了顶帐篷，已经住了好些日子了，便想去看看他们。问他们帐篷的具体位置，谁也说不清楚，加上要往前赶路，就作罢了。原想他们就此会从我的视野里滑过，不料想一年后，竟在电视里见到了这两口子。那是一部专题片，记录了这两个台湾人在昆仑山上的生活以及他们与当地牧民相处的经历。这对夫妻信奉老子，对道教颇有研究，到昆仑山是寻根来的。他们说，这根，在台湾是寻不到的。他们讲了许多体会，当然也有不少艰辛，只是捡牛粪烧火取暖度过严冬，就够他俩受的。我想，他们对山的认识与我是有共同点的，那就是寻找精神。这精神，是一个正直的人不可或缺的，唯在山里才能寻到。在当代人的心灵里，属于精神层面的东西越来越少了，关注精神的人也越来越少了，人们开始讲实惠、讲欲望、讲物质，在欲望和物质面前，人格的异化也就开始了。我们曾经有过物质匮乏、精神畸形的年代，摒弃畸形的精神是为了寻找真正的精神，而不是只要物质不要精神。在我们的物质生活刚刚开始充裕的时候，无论有意还是无意地冷漠对精神的追求，是可怕的，更是可悲的。一个没有精神家园的民族，是无法在这个世界上赢得尊重的。我们应该认真地想一想，从渡过海峡，万里颠沛，来到青藏高原的那对台湾夫妇的行旅中悟出些什么。

在邢台驻军某部，我曾和一位老战友就这个话题谈论了许多。聊了一阵子后，战友说，走，出去看看。他没叫驾驶员，自己开车出城，走了一段路，把车停在一片旷野上，下车后，他说，向西看。

正是夕阳如火的时刻，视线尽处，巍巍山峦像被落霞点燃一般，苍苍林木间烟岚缥缥缈缈，使眼前的一切都灿烂起来。

朋友说，那是太行山。我没有回答，他也没有再说话，我们俩就这么站着，望着，像要让那远山在眼里生根一般。

1995 年 8 月

# 情　　忌

　　我必须说明，本文所说的"情"字，不是通常意义上的儿女之情，这是一支号管统领着昂贵青春的军营所独有的、唯生命里有过军旅岁月的人才能体会感悟的情愫。至于"忌"字，则可以从通常意义上来理解，当然，如果准确一些说，也用"军旅岁月"这个范畴来框定一下更为合适，因为虽是通常意义上的忌讳，却也是非军人莫属。

　　细说起来，军人情愫的涵盖也是极广泛的，瞬间生死，大悲大喜，上下级之间，战友之间，友邻部队之间……一个情字，是比泰山还要重的。我要叙述的，就是这种镌刻在心中、岁月风雨无论如何也打磨不掉的战友之情。至于忌讳之物，便和常人无二了，一棵树、一条路、一道小河、一堆沙丘……皆可以成为一种心理障碍。

　　这些啰啰唆唆的文字就算是解题吧。

　　1974 年初冬，一个偶然的机会，我得以随一个参访团走访淮海战役的旧战场。为了这次走访，我提前数日到徐州，在淮海战役纪念馆的资料室里，阅读了大量的战场史料。这些史料使我在此后的采访中受益无穷，几乎在每一处战地，我都可以清楚地记起来是几纵在这里作战、战斗始末……毕竟是二十多年前的事了，百里淮海，没有了战壕，没有了碉堡，赭黄色的土地上，冬小麦正倔强地泛着一片翠绿。若不是那些史料和寥若晨星的简陋的纪念性建筑提醒人们的记忆，这一片土地上已经寻不见任何战争遗迹。

半个多月的匆匆时光，陈官庄、双堆集、一处一停，踏察战地，寻访当事人，到碾庄时，日程表上只有半天时间了。在公社会议室里，一位负责人和我们寒暄了一会儿，唤来一个五十多岁左腿有些跛的汉子，说："他在这里打过仗，他带大家去看看。"

一群人呼呼啦啦出了公社大院，碾庄在东，离公社机关所在地不足二里路，当地叫碾庄圩，过去有围墙，东西南北有四个门洞。中华人民共和国成立后，围墙拆了，门也自然没了，只东西南北四条村道依然。我们进庄是走西面的村道，离碾庄还有二百来米时，那汉子说："照直进庄，从南门出村到陵园，我在那里等大家。"说罢，不等领队表态，便一跛一跛地向南岔上了另一条土路。

参访团有二十几个人，没有人理会那汉子的话，指指点点地说着话，径自进了碾庄。我有些迟疑，那汉子不是公社安排他领着我们参观的吗，怎么没进庄就分道了？介绍时虽没说他的姓名，但说他在这里打过仗，这里当然是指碾庄，刚才他要我们自己进村时，我注意到他的眼睛里似乎闪过一星光亮，但很快就熄了，那光亮缘何而起？一连串的问号打消了我进庄的念头，毅然追上那汉子并因此听到一个令人肠断的故事。

攻打碾庄是1948年11月19日，那天阴天，到处灰蒙蒙的。战斗的惨烈是空前的，血火映红天空，四野弥漫着呛人的硝烟，枪炮声如雷鸣电闪，震得人什么也听不见。爆炸的气浪把冻土青苗高高扬上天空，又冰雹般砸落在地上，坑坑洼洼的弹坑战壕里，处处可见扭结在一起的尸体，双方的代价都是惨重的，那个国民党军兵团司令黄百韬就是在碾庄被击毙的。

我军有一个连队奉命从西门突进，离西门还有几十米时，敌人突然加强了火力，枪弹急风暴雨般横扫过来，一百八十多人的加强连一下子伤亡过半，连长腿部中弹昏迷。

连长醒过来时，已经躺在野战医院，碾庄自然也已解放。部队移师徐州以西。淮海战役一结束，又疾速南下，克蚌埠后，便开始准备渡江战役了。连长在医院躺了几个月，他的伤势和身体情况都不允许继续征战了。他要求到地方工作，而且留在碾庄。

组织同意了，一开始，只是和当地的农民们一起，整日平整被战争摧残的土地，后来，这里建了个榨油厂，组织便安排他当了榨油厂的厂长。

他就是带我们进庄，半路拐上另一条道的那个汉子。

二十六年过去了，每年的 11 月 19 日，不管天阴天晴刮风下雨，他都要站在这条进庄的路上望着碾庄。有时，也会走至庄边，然后便站住。碰见熟人招呼："进庄啊？"他会应道："进庄。"但若真进庄，他却从不走西面这条村道，不仅这一天，赶集、办事……有时，一天三次两次地进庄，或东或南或北，宁肯多绕一段路，也从不走西面。他说，走西面，是踩在战友们的身上。

参访团的同志们还在庄子里转悠，我们俩坐在陵园门口的石阶上，那汉子平静地讲了上面那些话，然后，从怀里掏出一个纸张已经发黄了的小册子，说："这是我们连的花名册，我一直留着，想他们时就翻开看看。"我肃然起敬，站起来用双手接过那本花名册，紧紧地捂在胸口，朝碾庄村西方向立正站着。我极想看一看花名册里的名字，但终没有打开，我怕惊动那些已经安眠了二十六年的英灵。

见参访团的同志们已经出庄向陵园走来，他要过花名册，重又揣好，显然，他不愿意有更多的人知道他的经历。

参访团集体向陵园里的纪念碑献了一个花圈，便赶往车站，去乘返回徐州的火车。在陵园门口，我们和那汉子告别，我走在最后，我和那汉子紧紧握手，我望着他，他也望着我，彼此眼里都含满泪珠。

古往今来，缘于习俗或其他什么原因，人们忌讳之多，足可编成一部辞书。帝王之忌、官府之忌、豪门之忌、百姓之忌……民族之异，地域之别，林林总总，皆有忌讳。虽繁杂得数不胜数，却都是因心理因素使然。二十六年不走那条村道，自然也是一种忌讳，我没有问那位连长的姓名，因为我觉着只消记得他是一位连长就行了，唯因他是连长，才会把自己连队的荣辱刻在心里，才会因战友鲜血染红过那条村道而从不跨上一步。此忌，乃大忌矣！大忌见大情大义，普天之下，孰可举一例与之相比！

由此，我想起我的连长。

我的连长姓姚，胶东人。连长吃饭爱端着饭碗一个班一个班地转。那时，连队没有饭堂，开饭时由小值日从炊事班打回饭菜，各班在各自宿舍门口围作一圈蹲着吃。

记得是一日晚饭，天极好，风暖暖的柔柔的，给晚饭笼罩上一层温馨。连长照常端着碗转。到我们班时站住了，盯着饭盆看了一阵，转身喊道："通信员，叫炊事班长抬个筐来！"大家不知道发生什么事，抬起头，一齐朝我们班看。

炊事班长掂着个筐跑来，那筐是抬煤用的，有磨盘大，一个炊事员拿着根抬杠紧随其后。连长看也不看他俩一眼，弯下腰，用筷子从饭盆里夹出一块半粒绿豆大小的沙粒往筐里一扔，说："抬走。"全连轰地笑了起来。炊事班长想笑，又憋了回去，那个炊事员倒不在乎，跟着全连一起笑得前仰后合。连长不再理他们，转身朝别的班走去。

这是 1963 年，"三年困难时期"刚刚过去，供应连队的米既陈又糙，很难淘洗干净，吃饭硌牙是常事。但打那以后，饭里很少再有沙子了。每次吃完饭收拾干净，炊事班长便把下顿的米称出来，倒在笸箩里，一直拣到放心为止。常常一拣完，就该生火做饭了。

其实，炊事班长是个极好的人，山东苍山人，一米八的大个子，一手好技术。那些年生活艰苦，他带着炊事班想尽办法调剂连队伙食，自然，连长也极看重他。1965 年，为了援越抗美，军区从我们部队抽调骨干，团里点名要炊事班长。送他去团里报到时，炊事班长说："连长放心，到了越南，饭里也不会有沙子。"连长顿了顿，说："我担心的不是沙子，是弹片。"不幸的是，真的让连长言中了，去越南不久，炊事班长便牺牲了，是让美国人的飞机炸的。

消息传来，全连沉默了好几天，连长尤甚。那天开饭，连长照例端着碗挨班转，转到我们班时，连长突然站住了，然后折了回去，我们知道，连长一定是想起了炊事班长，想起让炊事班长难堪的那件事。自此，连长一改多年的习惯，再也不端着碗挨着班转了。

二十六年不走那条村道和一改多年吃饭的习惯，都是因为一种忌讳。因为想把一种沉重的情感埋在心里，殊不知恰恰是感情的一种更为强烈的外溢，外溢给所有懂得这种感情和能够理解这种感情的人。对这两位连长来说，这忌讳非但没有给他们带来心理的平衡，反而造成更大的倾斜。然而，我们不正是从这种倾斜中，看到了他们高尚的人格的嘛！

柳永是北宋词人中婉约派代表，其词情景交融，音律谐婉，如那阕《玉蝴蝶》，谁读到"故人何在，烟水苍茫""断鸿声里，立尽斜阳"不扼腕感喟！但读柳永的词，总有过多的凄楚溢于心头，读唐代卢照邻的诗却不然，虽也哀婉，泅透忧苦激愤之气，但却有种豪情涌动，如《刘生》中"任令一顾重，不吝百身轻"二句。卢照邻辞官后，因不堪疾病折磨，投颍水而死。不知他的死是不是如他的诗所写，因没有人"顾重"而"身轻"，但他的诗的确道出一种大情大义。倘若去者地下有知，知道他们的连长因为他们二十六年不走那条村道，和一改多年习惯不再端着碗挨班转，是足堪欣慰和应该欣慰的。

军营实在是一块播种收获情感的沃土，人世间的大起大落大悲大喜之事均可在军营里得到最淋漓的体现。不同于一般意义的是，这些矛盾着的情愫总是相伴而来，你无法分离它们，甚至说谁是谁的伴生现象都不能。在军营里，它们是一对孪生。

战场凯旋，自然是大喜，但胜利的代价是鲜血和生命，在一部分人穿过凯旋门时，一部分人已经永远地留在被炮火烧焦的边土上了。该喜乎？该悲乎？英雄受勋当然是极荣耀极隆重感人的事，然浩浩军阵，能穿过硝烟者虽为数众多，但能接受鲜花和勋章者毕竟是少数。英雄固然是佼佼者，但未曾接受过鲜花和勋章者也并非庸人，只不过荣誉的光环不曾照到他们身上而已。

数年前，也是初冬，我从川西草地回到北京的第二天，去解放军总医院探望一位功高德劭的老将军。工作人员告诉我，将军已临近生命的最后时刻。我俯身病榻前，握着将军瘦骨嶙峋的手，以一个晚辈对前辈的敬重，向他汇报川西之行的感受。将军说："当年长征，翻越雪宝顶时，峰巅正在飘雪，只道是累得喘不过气来，却不知道是因为空气稀薄缺氧所致，许多同志都倒在路上了。"将军说："一直想再走走那条路，一直没再走走那条路，不是没有机会，既然无法唤醒倒在路上的同志，走又何益！"那年，将军已过八十。他曾和我说过，当年，湖南闹农运，他们村子里的年轻人都扛起梭镖当了红军。他们中的许多人没有在反"围剿"中战死，却倒在长征路上。将军是幸存者，1955 年授衔时为上将。

我理解将军的感情，我告诉他，我就是沿红一方面军的路线走的，那条路线照耀的不光是我们这后一代人，还有我们整个民族，还有全世界、全人类。因为长征在有史以来的人类活动史上是无可比拟的壮举，它启迪了并将继续启迪着一代又一代人。将军说："我若再走，会比你们的心情沉重得多，我不会想到那么多辉煌，有些地方，我是不能迈步的。"

一个曾挥师数十万叱咤风云纵横南北的将军，有什么地方会使他却步呢？

当我提笔写这篇文字时，我突然明白了，那使将军不能迈步的地方，必定是将军的忌讳之处，如前面那个连长不走那条村道一样。

将军过世已经多年，那天，在八宝山向将军的遗体告别后，我下意识地穿行于苍松翠柏之间。那绿荫下，长眠着可称为共和国灿烂星辰的人。他们都有过自己的辉煌，也都有未了的心愿及由此生出的种种遗憾。他们也一定都有许多因情感因素而产生的让人心疼的忌讳，可惜我们已无法知道了。写到这里，我走到户外，站在院子里，夜阑人静，皎洁月光下，除了楼群还是楼群，只能望断却无法望穿。

军旅生涯所以诞生大喜大悲，诞生荣誉和遗憾，是因为军旅生涯往往是反映时代变换历史沿革乾坤转动的"晴雨表"。政治权利与经济利益博弈发展成战争，战争破坏着世界也创造着世界。当战争的帷幕拉开，军人便要充当这个舞台上的全部角色，钻猫儿洞，睡战壕，熬正午的烈日，淋子夜的暴雨，迎飞蝗般的弹片……渴了，喝泥汀中积下的脏水，甚至马血、驼血；饿了，吃压缩干粮、野菜野果、昆虫野兽，吃一切可以果腹的东西。话又说回来，如果没有这些危难、这些辛苦，军人又和普通人有什么不一样呢？正因为有了这些不一样的地方，在军人身上才上演着最为动人的悲壮故事。

只是，一切都将成为过眼烟云。昨天还弹片呼啸的战场，今天可以开遍鲜花；昨天还是寸步难行的雷区，今天可以成为人群熙攘的热土。即便是功勋和殊荣，也会被历史的烟尘所掩盖，至多留几枚夹在发黄的史书里，给历史学家的考证添一点实证。永存的是军人的情感，如那位将军对倒在长征路上的战友的怀念，如那位连长对倒在碾庄西门的同志们的怀念，如我的连长对捐躯于异国他乡的炊事班长的怀念。情感永恒，忌讳不灭，痴情不改。

去年5月，我曾在拉萨河谷挂满经幡的索桥上，看远处布达拉宫的金顶和金顶后面的雪山，看头顶蓝得不能再蓝的蓝天和白得不能再白的白云……我不是佛教徒，我并没有感到佛陀的存在，但我的的确确感到一种神圣的永恒，容纳了人类几千年历史的河流，又承载着人类继续走向未来的河流啊，流走的是岁月，流不走的是精神。情感即精神，对于军人来说，当一切都成为既往时，还有什么比情感更为沉重呢?!

1992 年 4 月

# 虔　　诚

去年，我在总后勤部西宁兵站部执行公务，抽暇去了一趟湟中县的塔尔寺。

塔尔寺在藏语中称"衮本"，意为十万佛像，得名于大金瓦殿内纪念喇嘛教格鲁派创始人宗喀巴的银塔。这座寺院始建于明代嘉靖三十九年，是格鲁派六大寺院之一。整个寺院是一个藏汉风格完美结合的建筑群，依山顺势，高低起伏，南北错落，绵延数里。青藏高原的冬季，天极蓝，阳光极玥媚，远远便可以看见光华闪耀的寺院金顶。近处，经幡佛号，银象白塔，僧人游客络绎不绝，把偌大的一块地方，衬托得沸沸扬扬，火爆热烈。

对于宗教，我知之甚少，也无甚兴趣。塔尔寺虽绵延数里，却显得拥挤杂乱，全没有内地寺院建筑布局的那种大气。或许因为生出这样的念头，再加上时间也不充裕，在塔尔寺，我只是匆匆一过，即便在被称为佛教艺术三绝的"壁画""堆绣""酥油花"前，也未作更多停留。吸引我的倒是寺外那些兜售藏羚角、牦牛尾、绿松石、

45

玛瑙串的藏民，我买了一副藏羚角，如今就挂在我的书房里，一看到，便会想起草原上这骄傲的尤物轻灵敏捷的身姿来。

回到西宁，有人问我对塔尔寺的观感，我说如此而已。那人便断然道，你没看懂。我回曰，六根不净，悟不得真经。大家皆笑。

西宁的夜，不像北京这么喧闹，极静，大概是海拔高的缘故，窗外的星星显得很低，以至让你感到伸手可摘。塔尔寺真的在自己心中没留下什么吗？或者说自己在塔尔寺真的无所悟觉吗？此刻，如果不是在西宁招待所的阳台上，而是在塔尔寺的殿堂前观望这一天繁星，又会是怎样的一番心境？蓦地，我眼前闪现出三三两两一身风尘拥至殿前的疲惫的人群，那是来塔尔寺磕长头的藏民，一次复一次地磕头，手、肘、额、胸、膝一一着地，立起来，合十于胸前，再磕……不管身边的游人如何看他（她），绝不为周围的唏嘘惊诧所动，眼里胸中，只有他（她）自己的一片世界。刹那间，我竟觉得那些藏胞被高原风吹成紫红色的脸膛、那些紫红色脸膛上洋溢着的无比的虔诚，永远也不会从我的心中消失了。

磕长头是需要毅力的，数里、数十里、数百里甚或数千里地一路磕来，胸围挂着的一块生羊皮生生被磨得稀烂，手、肘、额、胸、膝都磨得起了茧子，神殿前几寸厚的木板，硬是被磕头人的身体磨出一个深深凹进去的人形来。白天黑夜，风霜雨雪，一代人又一代人继续着这一神圣的行为，这该是一种什么样的信仰，使得他们这般坚韧顽强、矢志不渝？

回京后，我向一位对藏传佛教颇有研究的同志请教。如今，穆斯林们都已经乘飞机去麦加朝圣，藏胞们为什么不学学穆斯林们，非要千里百里地磕着长头过来？哪怕是坐上一程汽车呢？那位同志说，这就是宗教的不同，藏胞们认为，非此不能表达对佛的虔诚，许多人会许下一生磕十万个长头的宏愿，之后，从一开始，直到完成。

我默然，但觉得明白了一些。在塔尔寺，便见到一些孩子也在磕长头，与大人不同的是，他们的手里提着一串念珠，磕一个，便拨过一个念珠来。他们是在计数吗？他们许下的都是磕多少个长头的心愿？有生之年，他们能够完成所许下的数目吗？

我希望能为藏胞磕长头的做法再寻找一些文字的依据，便找来几部关于藏传佛教的书来，翻来翻去，只找到"俯首到地行礼为叩头，以手加额为叩首"这样两句，并无磕长头一说。遂又翻阅祭祀礼仪部分，看完"苦行"一节后，方有些释然，自觉在延伸意义上，磕长头与"苦行"是可以连在一起认识的。

原始宗教基本教义的四谛说之首便是"苦"字。"苦行"是宗教的修行方法，按普通解释便是自我节制，拒绝物质感官上的享受，千方百计地自我"折磨"，因为教义认为，苦行可以使人得到一种神秘的力量，进而达到解脱的境界。

这般看来，把藏胞数百里数千里地磕长头朝觐当作一种"苦行"并不牵强。风风雨雨，朝朝暮暮，磨破了额头，磨破了双膝双手，不是自我折磨又是什么？

千里百里地磕头，靠的是虔诚。虔诚，恭敬而有诚意矣。北周文学家庾子山在《周祀五帝歌》中云："朱弦绛鼓馨虔诚，万物含养各长生。"这位后来官居骠骑大将军的文人，是深知虔诚能激发出无比巨大的力量的。中国如此，外国亦如此，17世纪，德国基督教路德宗教会便有"虔诚"派。那"虔诚"派认为，宗教的要点不在于对信条的理解，而在于日常生活中所表现出的"内心的虔诚"。说到底，虔诚是一种精神力量。

这般缘藏胞磕长头而起，而"苦行"，而"虔诚"地进行一番思索后，心中天光陡开。虔诚蛰伏于每个人心中，一旦启动便势如瀑布飞下，产生冲击山峡席卷大野的无穷力量。只是一般人的表现形式与藏胞的表现形式有所差异，因为心中那轮太阳不同。

就说兵站部的汽车兵吧，几百辆军车宛若流星，在巨蟒般的四千里青藏线上往返驰骋，漫天风雪挡不住他们，高寒缺氧吓不倒他们，近四十年了，与其说开发青藏、建设青藏的物资是汽车轮子驮上去的，莫如说是汽车兵的双手搬上去的。在内地，一提六月飞雪，除诗人能生出一些浪漫来，大多数人生出的只会是对这片本来就神秘万端的山川的惊惧。在这条平均海拔高度在四千五百米以上的大动脉上，车队常常被风雪阻拦，又饿又冷，动辄数日，非直升飞机前来救护不可。这些在内地听起来像阅读天书一般，对汽车兵来说，寻常得如同一杯白开水，哪个汽车兵没有被暴风雪困过呢？有时，比上述情况还要严重艰辛数倍。死神在抚弄他们一番后，每一次都是怏怏而去，靠的什么？靠的是对革命事业的虔诚。

在海西蒙古族藏族自治州都兰县诺木洪乡诺木洪兵站，我见到一位四川万县籍的志愿兵，他在青藏线上待了十多年了，先在纳赤台兵站，那儿的海拔是三千五百多米。后来又去了五道梁兵站，那儿的海拔是四千七百多米，汽车兵有一种说法，"不冻泉生病，五道梁要命"，就是指的这个兵站。他是去年调到诺木洪的，比起纳赤台、五道梁，诺木洪这柴达木盆地唯一的绿洲便是天堂了，有大片大片的白杨林，有从昆仑山引来的雪水，有络绎不绝的车队、商旅，还有为绿色所惑时来光顾的羊群、驼群……

这位志愿兵爱唱歌，爱唱川江号子，我见到他时，他正哼着号子修剪苗圃里疯长的杨树苗。问他在青藏线上的经历，他一脸羞涩，连连摇头，说，没有啥子，没有啥子。问他眼前的白杨，他的话却像家乡门前的长江水。他说，在诺木洪栽下第一棵白杨时是多么不容易，那是牵着骆驼来这里建站的老兵们干的，他们身上的硝烟还没有拂去，就又开始了青藏线的修筑和建设。那时，这诺木洪和周围一样，一片戈壁，沙飞石走，连棵草也看不见。引昆仑山雪水，听起来很浪漫，干起来，却非常人所能为。数十年过去了，他们用自己的虔诚与意志，硬是把诺木洪建成了绿洲。

这个志愿兵说，有一天他会离开这里，现在，他唯一的想法就是种一棵树，再种一棵树……他希望整个柴达木盆地都变成绿洲。

我被他的话深深感动，他也是在还愿吗？他奉行的是一种什么样的信条？仅仅是一棵树、一条林带、一片绿洲吗？难道不正是这看似普通的愿望，汇成了我们辉煌无比的理想和事业吗？

临别，我握住他的手，说，我去过你们万县，再来诺木洪，我还想听你哼川江号子。我没说对，也没说别的。他憨厚地笑笑，他的嘴唇是紫的，我知道，这是在高寒地区长期缺氧所致。

精神现象和物质现象是可以互生并转化的，阐述这一点也不光有宗教教义，翻开一部人类发展史，精神和物质的互生，处处可见。比如犹太人出埃及，比如北非古国迦太基统帅汉尼拔率部翻越阿尔卑斯山远征意大利，还有拿破仑进军莫斯科，美国人征服西部……这些人类活动史上的壮举都是十分卓绝的。这种惊天动地的生命力量，都是靠的信仰和对信仰的虔诚与坚定。人类活动史上诸种创举中，最伟大的莫过于我国革命史上的长征了，真真是盖世无双，无可堪比。在我们仍习惯以"播种机""宣言书""宣传队"表述它的时候，一位叫哈里森·索尔兹伯里的美国人，在沿着当年红一方面军长征路线走了一次后，无比信服地称长征是"一曲人类求生存的凯歌"，说长征"将成为人类坚定无畏的丰碑"。因为这个美国人相信，人类的精神一旦被唤起，其威力是无穷无尽的。

写到这里时，我忽然觉得有些不安。我说不清自己何以如此激烈地强调精神对于人类进程的作用。我从磕长头这一宗教礼仪，联想到对革命信仰的虔诚，似乎有些荒诞，因为磕长头毕竟和共产党人由于对理想的追求所激发出的巨大的改造社会的物质力量大相径庭，况且，我们这个民族从"精神万能"的泥沼里走出来并没有多久。但是，我还是认为，和宗教礼仪一样，无论如何，人是需要精神的，从心理意义上讲，精神才是真正的脊梁。否则，我们人类的历史会变得无比苍白，翻开史书认真咀嚼一下，哪一件事不是因为对理想信念的莫大虔诚才得以实现的呢！

如此想来，我对那些百里千里磕着长头朝觐的藏胞们陡增敬意。我不会询问他们的行为究竟使他们的人生收获了什么样的果实，只他们那专注、那虔诚，便足以启迪天下人——要紧的是信仰，为了信仰的实现，以全部的虔诚去努力，去实践。一个没有信仰的人，自然不会投入自己全部的虔诚，这个再明白不过的道理，对于一个人、一个民族、一个国家，都是同样的意义。

这天傍晚，我找出了在塔尔寺拍的一张照片，画面上，我自己仅有一个背影，背影的前面，是一些满脸虔诚磕着长头的藏胞。

1991 年 3 月

# 梨花年年开

我被这万亩梨花盛开的气势震撼了，放眼望去，漫山遍野，冈上塬下，一树树梨花开得如云舒卷，如浪奔腾，整个世界全都淹没在这素洁淡雅之中。

那一刻，我第一个想法便是岑参一定到过原平，要不，他在八月飞雪的胡天，怎么会想起千树万树的梨花来？又一想，那岑参是南阳人，虽然幼时随转任晋州刺史的父亲到了晋州（现属石家庄所辖），但那晋州离忻州所属的原平尚有数百公里，以当时的条件，其父断不会带着还是孩子的岑参来原平看梨花的。如此，岑参笔下的千树万树梨花当不是原平的梨花。

《诗经·秦风·晨风》中写道："山有苞棣，隰有樕树。未见君子，忧心如醉。""棣"指棠棣，是梨树的一个品种；"樕"与"穗"同解，与"棣"同义，也是梨树的一个品种。"山"指高处，"隰"指低处，换成今天的话说，就是高处有梨树，低处也有梨树。只是隰县的人们说这"隰"字是指他们那里，隰县现属临汾，距原平三

**51**

百多公里，以地域概念论，与原平属一个地带。隰县地志说他们那里的梨树种植历史已有三千年，如此，原平种植梨树的历史也不会短。至于"未见君子，忧心如醉"两句，则是写一个女子在梨花盛开时节的思恋之情，看来，早在三千多年前，梨花已经被人们纳入情感世界里了。

山西是中华民族发祥地之一，素称华夏文明摇篮。太原、大同、临汾三城是黄河流域的重要都会，李渊就是在太原起兵，建立了大唐王朝。原平没有太原、大同、临汾那样响亮的名头，也不像杏花村和平遥古城，汾酒的香醇已经飘了千年之久了，平遥古城则是如今了解晋商历史的一部教科书。原平不然，原平就如这素洁的梨花，年年开，年年落，开时无声，落时也无声，默默地用自己的果实，回报着这片土地和在这片土地上辛勤劳作的人们。

与一些凡事张张扬扬、拉古人的煊赫壮自己声威的地方相比，我更喜欢原平。原平处事低调，这里也有显赫的历史人物，如西汉那位善辞赋的奇女子班婕好，还有精通六经及老、庄之学的中国佛教净土宗初祖慧远大师等，他们都是原平人。现代的黎玉、续范亭等，都是喝滹沱河水参加中国早期革命的赫赫人物。原平当然也以他们为荣，但原平只是把他们铭记在心里，不大夸耀或者说不善夸耀昨日的辉煌。原平人认为，先人所创造的辉煌，作为历史的一页已经翻了过去，每一代人都要有每一代人的作为，现在轮到自己书写今天这一代人的历史了。

作为一种生活哲学，这种低调自然影响到原平的艺术样式，比如凤秧歌。这是原平独有的反映农村生产与生活的一种民间歌舞，舞蹈时有男有女，男扮为武士，女扮为村姑，舞者手拿小锣，踏着音乐的节奏，边扭边行。女角头上戴有一顶凤冠，凤冠上有一绒球，舞到兴处，便将那绒球甩出来，如凤点头般旋转，这时，秧歌的高潮也就出现了，音乐和锣鼓会更加铿锵，舞者的身姿也越发潇洒。早在1955年，这凤秧歌便由民间艺人李二俊率队赴京，参加过全国民间舞蹈会演；2008年2月被列入第一批国家级非物质文化遗产；2010年5月，在文化部主办的广场舞竞赛中，曾获得最高奖项"群星奖"。只是你不到原平，是看不到这种优美的群众性舞蹈的。那天，在梨花诗歌节的开幕式上，我得以欣赏了凤秧歌，没有扮作武士的男子，跳凤秧歌的是几十位中年妇女，她们穿着彩衣欢快地舞蹈着，不断地变换着让人眼花缭乱的队形，典雅而又热烈。我想，若这凤秧歌也如大城市的广场舞，跳到纽约、伦敦、巴黎，说不定已经风靡世界了。

原平还有一种民间绘画艺术叫炕围画。晋北多火炕，为防止墙土弄脏被褥，人们用带有胶质的颜料，在火炕周遭的墙上画上壁画。每有新房落成，新炕盘好，主人便会请画匠来家里绘制，水平好的画匠，并没有现成的画样，他们只是打量一下墙面，提起笔来的时候，腹稿已经打好，很快，具有强烈地域特色的画面便生动地展现在墙壁上。讲究的人家还会在画面上刷一层桐油清漆，或用透明纸蒙于其上，以使其时间保存得长久一些。炕围画用笔细腻，构图饱满，设色艳丽，人物、风俗、山水、花卉，皆在画中，看炕围画，就是阅读晋北民俗的百科全书。如今，人们的生活条件和习惯发生了巨大的变化，这炕围画也就渐渐少了。只是不知道可有有心之人已经将它们保留下来，不至于淹没在现代生活的大潮中。

凤秧歌是低调的，炕围画也是低调的，如同原平人，每一刻，他们都在努力耕耘着脚下的这片土地，打扮着脚下的这片土地，为的是让自己的生活更加多彩，这，或许就是原平的一种品格。

我是第一次来原平，老友所同说，去看看原平的梨花吧。这是半年前，北京正值隆冬。这一年，北京无雪，但寒冷不亚于任何一年，在隆冬里想象梨花盛开的样子，是一种意念的奢侈，但我还是极力想象万亩梨花盛开的样子。现在，我终于站在了这万亩梨花之间。

所同是《诗刊》的资深编辑，原平人，诗写得极好，他写的那些民歌风格的短诗，每一首都让人击节叫绝。我就是读过所同的这些诗作而深深喜欢上山西民歌的。在原平与诗友相聚说起山西民歌，当即有人张口便唱，嗓音之嘹亮，韵味之浓郁，足可让你沉迷于其间。诗友们让我说听后的感受，我说，每个人都可以上央视的"星光大道"。所同说，这是业余歌手，你听了专业歌手的演唱再说。也是在梨花诗歌节开幕式上，我听到了专业歌手的演唱，那是来自山西歌舞剧院的著名歌唱演员刘文涛和忻州的几位专业歌手，当他们一展自己的歌喉时，白云不再游动，林木不再摇晃，鸟雀不再鸣啭，连流水也化作了琴弦，苍天之下，大地之上，回绕的只有山西民歌，只有歌唱家美妙的歌唱，与眼前这山、这峁、这万树梨花融为一体。只有山西民歌才有这么强大的魅力，只有山西人、山西歌手的演唱，才能这样使听歌人的魂魄全融在这歌声中。

对于原平的诗歌和诗人，所同是有极大的贡献的。由于所同的努力，使得原平涌现出一大批优秀的诗人。他们尊敬地称所同为老师，一见面就央他给自己说诗，每到这时，所同便会笑笑，点着一支烟，蹲到一边过他的烟瘾。所同是个低调的人，他不愿意听那些溢美之词。所同的低调也影响了原平的诗人，原平的诗人都不张扬，他们对诗的执着，全表现在接待外地来原平的诗人朋友的热情上，那是能让人感受到的，如火焰一样炙热，如阳光一样明亮，真挚得让你只有深鞠一躬接受而无法拒绝。他们的这种品格，使得他们作为诗人之家的红门书院也具有了这样的品质。这是在一个具有浓重晋北风格的农家村落深处，一条不足两米宽的土路尽头，不大的房檐下挂着数盏红灯笼，房间里摆有书架、茶桌、书案，墙上挂着数幅名人字画的院子——这是原平的诗人之家，是诗人们聚会的地方。他们隔三岔五地在这座院子里或坐或蹲或站，谈论着各自的创作，交流着各自的感悟与心得。这座院落的主人叫韩玉光，一位在山西、在全国都颇有影响的诗人，说起话来，带有浓重的晋北乡音。

写这篇短文时，一部由红门书院名誉出品、书名叫《二十一种光芒》的诗集便放在我的案头。这是原平二十一名诗人 2016 年创作成果的结晶，他们称为“年度档案”。这部诗集装帧十分典雅，原平人爱梨花，原平的诗人亦是，于是，这诗集的封面和封底用墨绿铺底，上面满是看似无序实则排列讲究的梨花。设计者匠心别具，他把梨花做了艺术的处理，为了整体构图效果，花朵有大有小，错落有致，让人称奇的是色彩：白色、绿色、粉色、浅黄色……五颜六色的梨花在诗集的封面封底盛开，而且永远不会凋落。我想，这或许就是设计者对生活的认知与理解，看似素雅淡洁的梨花，原本就蕴含着生活的千姿百态呀！

“我们低首劳作，有苦不言/因为有洁白的云，就有/干净的心情去打理生活”，这是雷霆的诗《甘南的云》；“区区一块石碑/又怎能放得下一万丈红尘/得意者，失意者/得道者，失道者/永远有两个人，被仓颉组成一个从字"，这是韩玉光的诗《独自路过人间》；"谢谢你们！来到我的心上／可是，我的心／多么小呵，除了故乡／还放不下一个异乡"，这是张琳的诗《岭南草木札记》；"在原平／在这个被土墙包围着的梨花园／仿佛，透过每一朵花，每一枚花瓣／都能看到／尘世间，不为人知的美与光芒"，这是霍秀琴的诗《原平的梨花》。

这是我随意从诗集中摘下来的一些诗句，这样清新质朴情真意切的句子，在这部集子里俯拾皆是。读完《二十一种光芒》掩卷的那一刻，我想，我现在捧着的就是原平这片土地了。我还想告诉张琳，她的心里绝非只放得下故乡而放不下异乡，她是在反证无处可以替代自己对原平的情感。而我，戎马倥偬数十载，走南走北，处处是家。我也是在反证，因为只有处处是家，才能把原平也供奉在我的心里。

隔壁邻居在播放《梨花颂》。这《梨花颂》是新编历史剧《大唐贵妃》的主题曲，属京剧的二黄四平调："梨花开，春带雨。梨花落，春入泥。此生只为一人去，道他君王情也痴。天生丽质难自弃，长恨一曲千古谜……"曲调缠绵悱恻，凄婉悲凉，牵人肝肠，真的如《列子》所言："抚节悲歌，声振林木，响遏行云……既去而余音绕梁欐，三日不绝，左右以其人弗去。"在原平梨花诗歌节的开幕式上，演员们也演唱了这曲《梨花颂》，是合唱，而且是连歌带舞。不同的是，对这段近乎经典的唱腔，他们大胆地进行了变奏处理，只演唱了前面两句后，原本凄楚婉转的曲调一下子变得高亢起来，舞蹈热烈欢快，充满对新生活的热爱和向往。观众情绪全都调动起来了，大家伴着演唱的节奏鼓掌助兴，台上台下变成一片欢腾的海洋。梨花的内涵，在这里得到了最充分的传达，梨花的美丽，在这里得到最准确的表达。

离开原平前，原平的朋友对我说，再过数日，梨花就要败了。我说，那是和春天一起融进了泥土，是梨花生命样式的一种转换。陆游说梅花是"零落成泥碾作尘，只有香如故"，毛泽东说梅花是"待到山花烂漫时，她在丛中笑"，一样的梅花，两个伟大诗人写出了两种截然不同的意境与内涵。梨花没有早开，也没有晚谢，梨花规规矩矩，季节到了，该开即开，季节过了，该谢即谢，始终如一地以自己的素雅淡洁，给赏花的人一个启示，然后，默默地迎击热雨熏风冷霜寒雪，去孕育又一个春天。

回到北京，原平的朋友发来一些拍摄得极为精美的梨花的照片，那花瓣似乎淋过一场春雨，鲜靓得像刚刚绽开一样。我知道，他们是在说，这梨花是永远不会败的。

2017 年 5 月

57

# 诗歌的城市诗歌的河

　　说鹤壁是一座诗的城市，是因为有"双鹤栖于南山峭壁"这样一个传说。想想吧，两只仙鹤傲立于峭壁之上，这该是多么富有诗意的画面！若那鹤再扇动翅羽，在蓝天白云间划出条条悠然的弧线，又该激起人们怎样的美丽联想！仅这个名称，便是一首足以传唱千年的抒情长诗。

　　说淇河是一条诗的河流，是因为这条形成于下奥陶纪、流淌了五亿多年的河，养育了两岸人民，也孕育了两岸文化。《诗经》三百首中，有三十九首是直接描绘淇河风光的，历代文人留在这里的墨迹更是如烟如海。李白、杜甫、高适、苏轼等这些灿若星辰的名字，都曾在淇河两岸留下了他们穿透古今的光芒。

　　具有如此悠久文化传统的一座城市，我却并不熟悉。对于它，很长一段时间里，只是南来北往时，透过列车车窗，眺望一下它那一闪而过的轮廓。直到一天，著名诗人雷抒雁给我讲他撰写《诗经读本·国风》的初衷，讲他家乡的渭河时，谈到了淇河。我忽地意识到，自己若干次透过车窗遥望的那片土地上，还流淌着一条了不起的河。

抒雁在他的这部专著序言中写道："歌唱不是唱歌。诗涉及一个民族的起源，《诗经》是一部民族的心灵史。"抒雁还说，他撰写此书，是要触摸从远古发出的第一声歌唱的旋律、韵味、诉说；是要触摸一个民族最初的心跳。由此，我想起英国的历史学家阿诺德·汤因比在他的《人类与大地母亲》一书中说过的话，科学家探索的是某些物质的化学成分和构造，它们赋予物质以生命以及生物体以意识的物质条件。那么诗歌呢？诗人呢？他们探索的则是人类精神文明的构成与发展过程。在这个意义上，诗人和诗歌触摸的是人与自然、与土地、与历史、与社会等诸多的关系。

记得那天，抒雁说，你应该去看看渭河，而后，他眯起眼睛，如梦如幻地给我描述渭河在他儿时记忆中的样子。我说，我先去看淇河。抒雁问，为什么？我说，淇河离北京近。

虽然从北京乘高铁只有两个多小时的车程，我并没有能很快地站到淇河的岸边。直到作为中国诗歌学会会长的抒雁去世后，我才得以与继任会长韩作荣一起踏上了鹤壁的土地。

那是两年前10月的一天，鹤壁的天很蓝，穿过城市高大的建筑群，我们来到淇河岸边。水，清澈澄碧，微风里闪烁点点波光，陪同我们的一位女副市长弯腰伏身，掬起一捧清水饮下，而后用纤长的手指轻抹一下秀丽的嘴唇，说了一个字：甜。我和作荣也随之掬起一捧水饮下，是的，河水是甜的，但我们还品味到这条流淌了亿万年的河流的风骨和清韵。

我和作荣到鹤壁是因为诗——这里有着许多优秀的诗人和众多

的诗歌爱好者，这里有许多由诗歌爱好者组织的诗社，他们经常开展各式各样的诗歌创作和朗诵活动。诗歌，已经成为这座城市的一张耀眼的名片。而我们，就是来这里认识这张城市的名片的，尽管这里有许多历史名胜与古迹，有总也看不够的自然风光，我们却只想走进诗歌，走进这座城市的内心世界，一探鹤壁人纯净阔达的心境。

我国是个有着悠久诗歌传统的国度。自秦汉以降，我们的先人以诗歌表达他们的思念、爱情、忧伤与感怀。而我们也就得以从诗句中感受先人创造文明开拓历史所迈出的艰苦卓绝的步履。

然而，具有悠久诗歌传统的鹤壁却是一座年轻的城市。

一座年轻的城市又是怎样把这厚重的文化传承延续至今的呢？是因为那一度又一度的春风秋雨吗？是因为那一季又一季的播种收获吗？还是因为这从未干涸过、断流过、改道过的淇河？我和作荣就这样走在鹤壁的土地上，听淇河悠然的浪声，读淳朴真切的诗稿，听充满真情的诵读——我们在以诗证史，以诗读心。

在淇水诗苑，我们与一个诗社的诗友们相遇了，虽然这是安排，因为时间太紧，无法坐下来与诗友们细细交流，但又想一睹鹤壁朗诵活动的风采。于是，便有了这样一个小型的朗诵会。陪伴着朗诵会的是长达三公里的诗歌碑林，是繁茂的林地和澄澈的河水，诗友们围坐一圈，次第走到其间，背诵或诵读自己的新作。他们用的多是散发着泥土芳香的河南方言，亲切，自然，个个中气十足，音韵铿锵，把情感表达得淋漓充沛。每朗诵毕，大家就报以掌声，现场的气氛便更加热烈。临别，诗友赠我们数册自己印制的诗集。这些诗集，至今还放在我的案头，我把它视作最新鲜的花朵，因为它们来自诗歌的原野，表现的是鹤壁诗歌的深厚群众基础。

那天晚间，我和作荣与鹤壁的同志谈起了诗，谈起了鹤壁的文化与经济。一位领导同志的话让我和作荣对鹤壁的群众性诗歌创作活动又有了更深刻的认识。那位领导同志说，每个地方都希望自己的经济得到快速发展，每个地方都希望能有一种方式为经济搭台，因此，不少地方都有文化搭台、经济唱戏一说。鹤壁不，鹤壁不把文化作为经济的辅助手段。比如诗歌，鹤壁把诗歌看作精神文明的基础，而精神文明则是一座城市建设基础的基础。这位领导同志强调说，对文化，不能搞实用主义。

两天的时间如同淇河泛起的浪花一瞬即逝，就在那两天里，我们与鹤壁的同志达成了共识：以中国诗歌学会的名义，命名淇河为"中国诗河"。

返京路上，我和作荣谈及那位领导同志的观点。对于文化，对于诗歌，我们并非一直都有这样的认识高度。在20世纪的一些岁月里，我们曾经把诗歌作为服务于政治的工具，那时也有大量的诗歌涌现，但留给我们的却是苦涩和尴尬的记忆。那时的诗歌也是时代的标签。所幸的是，它已经被夹在发黄的历史册页里，翻开时，会轻扬几星尘土而已。

今天，我们这个民族正踏上一条伟大的复兴之路，这条路上当然会有诗、有歌，有能够一直传唱下去的诗和歌。因为诗人本身就是这个时代的建设者，他们在用汗水为一个民族筑路的同时，也在用自己的心，用自己的灵魂，为这个时代歌唱。这是由衷的歌唱，是心音，响遏行云，直上穹庐。

一年后，又是秋风送爽时节，鹤壁市与中国诗歌学会一起举行仪式，自此，淇河成为中国第一条以诗的名义命名的河流。

最难忘的是在淇河岸边举行的大型群众诗歌朗诵会上，近百位小学生在老师的带领下，集体朗诵梁启超的《少年中国说》："故今日之责任，不在他人，而全在我少年。少年智则国智，少年富则国富；少年强则国强，少年独立则国独立；少年自由则国自由，少年进步则国进步；少年胜于欧洲则国胜于欧洲，少年雄于地球则国雄于地球……"响亮的童音响彻淇河两岸，我们的心在孩子们的朗诵中飞翔，而远方，一个灿烂的世界也正迎面向我们走来。

2015 年 3 月

# 战争回声

## 一

没有任何一种声音能如此强烈了，它不仅击穿了人类社会几千年的文明史，而且还无休无止地向未来延伸，只要有人类生存的地方，便可以随处看到它留下的余痕，无论是闹市中的一堵老墙，无论是偏远地区的一把沙砾……

这个声音叫战争，在今天这个花团锦簇阳光明媚的日子里，或者叫战争回声更为准确。

五十多年前的一天，一个年轻人疯狂地朝山下的镇子跑去，全不顾头顶那几架机翼上涂着猩红的圆的飞机还在狂轰滥炸，全不顾崖下躲避轰炸的乡亲们的呓喝阻拦，昔日平静的小镇被烈火吞噬殆尽，浓烟遮蔽了整个天空。这个年轻人站在一个院落里，呆呆地望着已经烧成木炭的房梁一截一截地断落。几个时辰前，这个小院还

63

是他温馨的家，现在已经成为废墟与灰烬。

人们渐渐回到了村里，这个年轻人却离开了村子。

这个年轻人是我入伍后部队的师长。或许因为他这段特殊的从军经历，他把我们师防区内的几处前国民党军与日本鬼子作战的遗址管理得特别严格。我说的严格，只是师长把这几处遗址都划进了军事禁区，不让当地群众随意进出，于是，那些残存的堑壕与工事得以保留，但也因人迹罕至而荒草萋萋，虫豸出没，格外苍凉。新兵每到部队，连队便按师里的要求，把他们领来，指着那些遗存，把一场刀兵血火简约成几个字："看看吧，当年在这里打过仗。"而后，兵们便撒开了脚丫子，在草丛里找浆果品尝者有之，逮蚂蚱蝈蝈戏耍者有之，幸运者会在堑壕里捡到锈蚀的弹壳，凑在唇边，弄出些毫无音韵的动静来，似乎没有谁下意识地感受这片土地与其他地方的同与不同。

后来，我阅读了地方志，关于这几处战争遗址是这样记载的："民国二十七年，5 月 20 日拂晓，日军以舰炮与航空火力对海岸阵地实施袭击……7 时许，日军六百余人登陆。国民党第 57 军 112 师一部前出反击，日军被击退，有渔船被日军击沉。22 日，增援部队至，与日军鏖战。"修志的人只写到此，"鏖战"二字可见战斗之激烈，不写战果，大概是因为阵地尽失，致使羊毫涩滞无法再写。此后，日军由此沿陇海铁路西犯，遂有了徐州会战。

关于这场战斗，遗址附近留有几处石刻，选一二记于此："国难当头，吾辈军人当以死赴之。"署名：邵思三。"人心不死，国必不亡。"署名：杨凤鸣。这邵、杨二人身份不详，但当是守军将士无疑。

地方志上还有这样一段记载："民国三十二年，3 月 17 日，新四军 3 师赴延安学习的五十一名干部乘一只载重八千石的大船，准备从海上绕过日军封锁线，18 日凌晨，在小沙东海面与日军汽艇遭遇，遂展开战斗。芦阳区、兴海区的区中队听到枪声乘船到海上接应，滨海区警备团 2 营也赶来支援，日军汽艇仓皇而走。此战，2 师参谋长彭雄、旅长田守尧等十六人阵亡。"

后来听人说，师长便是赴延安学习的那五十一名干部中的一员。那小沙东就在我们团防区的正面，师长每次来团里，都要让村里的渔民摇船去那片海面巡视一番。如此看来，此言不谬。便想找时机问问师长，直到师长故去也没有找到机会，这个谜被师长带走了。

今年是抗日战争胜利五十周年，也是世界反法西斯战争胜利五十周年，这些往事一下子涌了上来。关于这场战争，我查到了这样一组数字：从大西洋到太平洋，先后有六十一个国家和地区，二十亿以上的人口被卷入战争，作战区域面积达两千二百万平方公里。据不完全统计，战争中军民共伤亡九千余万人，四万多亿美元付诸流水。

# 二

如今，战争这个词义，被一些人演绎得面目全非，那些热衷于打斗的孩子只消摁一下遥控器，便可以大呼小叫地消受起战争游戏的快感，丝毫想不起战争的惨烈来。

是人类过于健忘？还是战争就应该被遗忘？

我有一友，去年到法国探亲，他到达那片土地上时，纪念诺曼底登陆五十周年的活动正进行得轰轰烈烈。朋友也是军人，而且是专门从事军事学术研究的军人，这纪念活动自然在他的关注之中。他在巴黎稍事休息，便去了诺曼底，他想在那近乎狂热的纪念中，寻觅人类五十年前发出的那一声雷鸣。在他的下榻处，每天都可以看到一名法国空军军官，蓝眼睛的他对眼前这一切没有丝毫的激动，甚至见那些老兵相拥呜咽时，他也只是耸耸肩而已。问及，他摇摇头，说："太遥远了，五十年前我还没有出生。"我的朋友又问："既然如此，人们为什么还要这样隆重地进行纪念？"他的回答更为坦率："因为需要。政治家有政治家的需要，商人有商人的需要。"

朋友说及此事时，不无遗憾地说："法兰西的记忆不会随塞纳河水流到大西洋里去吧？"我说："那位空军军官或许只是一个个例。"朋友道："我在法国做过了解，持这种观点的人相当普遍，他们是战后的一代。"

五十年前，德国人的坦克还未到，巴黎便宣布为"不设防城市"，因为不设防，那凯旋门、那巴黎圣母院、那卢浮宫、那埃菲尔铁塔等名胜，免遭火焚，连同法兰西的屈辱，一同被完整地保存下来。没几年，德军踏上了俄罗斯的冻土，有着冬宫、耶萨基耶夫大教堂、斯莫尔尼宫等俄罗斯文化精髓的精美建筑和文物的彼得堡（那时叫列宁格勒），没有像巴黎那样宣布为"不设防城市"，于是，彼得堡遭到德军炮火的毁坏。俄罗斯人怎么说呢？俄罗斯人说："我们不能不保卫它！我们宁可与这个城市一起毁灭。"不屈的俄罗斯民族本身就是第二次世界大战中的青铜雕像。

和法兰西民族相比，这是完全不同的气节。

这是五十年前，那么一百多年前呢？一百多年前，我们的国家在做什么？每一个中国人都记得吗？会不会有中国人也像那位法兰西军官，耸一耸肩说，自己还没出生呢？

一百多年前，大不列颠的坚船利炮轰开了我们这个古老帝国的口岸，此后直到1949年，一个多世纪的岁月长河里，流的是中国人的血、中国人的泪，一次次地签订丧权辱国的条约，一次次地割地赔款开放口岸……包括法兰西和俄国在内，哪一个老牌帝国主义没在我们的这片土地上耀武扬威地践踏一番？没在中国的城堞上舞弄他们的旗幡，显示他们的淫威呢？

日本人更甚。从1894年中日甲午海战始，到1945年日本投降，整整五十一年，日本人在中国的土地上是怎样的不可一世啊，仅八年抗战，中国的人口损失有一个统计是2250余万人。2250余万人是从拿破仑战争至1914年欧洲较大战争中死亡人数总和的三倍，是第一次世界大战死亡人口的一倍还多。

1987年12月，我在南京大屠杀纪念馆参加了为五十年前在大屠杀中死去的三十万同胞举行的祭奠仪式后，与长篇报告文学《南京大屠杀》一书的作者徐志耕一起去了趟草鞋峡。1937年12月17日，五万七千余名国民党军战俘在草鞋峡被日军集体射杀，而后，在那山一样堆积的尸体上点燃起大火。血染江水是红的，火映江水是红的，徐志耕讲述当年的情景时，我竟不忍再向前迈出一步，生怕碰着地下的魂灵。我对徐志耕说："南京应该立一座碑，碑身是一个人体，但没有头颅。"

三

战争是最不该被忘记的，因为它曾毁灭了一切；战争又是最容易被忘记的，因为硝烟一散，战场被犁铧一翻，泥土掩埋血迹，那些曾布满弹坑的土地，立即会长出稻菽，长出鲜花，连被弹片削断的树干也会重新冒出新芽，长出一顶繁茂的树冠来。

土地的生命力可以修补所有的战争创伤。

有一种人却永远不会忘记，因为他们是从硝烟和血火中走出来的。

20世纪80年代初，在北京的一所医院里，一位不曾从事任何职业也没有任何收入，全靠儿女们奉养的老太太去世了。老太太去世的那一刻，好几位功勋显赫的将军来到医院向老人告别，其中有后来任我军总参谋长的杨得志。杨得志向老人遗体深鞠一躬后，在留言簿上挥笔写下四个大字：革命母亲！老太太火化后，被送到太行山里的一座小城安葬，悄悄的，像掉下一个雨滴一样，融进生她养她的泥土之中。

抗日烽火正炽，一队八路军指战员在太行山中的小路上行进着。突然，一位衣衫虽破旧却浆洗得干干净净，挎着个荆条筐的农妇走入指战员们的视野。那农妇好像也看见了这支队伍，她犹豫了一下，转身岔上另一条小道。骑在马上的指挥员一抖缰绳撵了上去，翻身下马，径直跑到农妇跟前，喊道："妈！"那农妇说："看着像你，不愿意叫你看见。"指挥员问："你还好吧？"农妇说："好！你快走吧，别耽误事。"农妇是指挥员的岳母。

这位指挥员叫李志民，1955年授衔时为上将。农妇就是上面说到的在北京医院去世的那位老太太。李志民将军的夫人也是位老八路，将军去世后，将军夫人给我讲起这段往事。她说："七七事变后，父母把我们姊妹六个全送到八路军里，父亲死后，家被日寇烧了，伪军和汉奸三天两头来家里寻衅，母亲便外出乞讨，一年到头在山里流浪。我没碰见过，他（指将军）见过，他曾想让地方政府安置一下，母亲不允。母亲说，现在到处都在抗战，在外面流浪的也不是我一个。直到抗战胜利，母亲才回到村子里。

一位把自己的六个儿女全送去抗战的母亲自然不会忘记那场战争。为了抗战，让母亲在山中流浪了八年的儿女们难道会忘记那场战争吗？

四

有一句大家都熟悉的名言："忘记过去，就意味着背叛。"近些年来，似乎很少被人提及了，但不提不等于忘记。

1982 年早春，我去江西兴国的长冈乡，那里有一所敬老院。1935 年 5 月，北上的中央红军强行渡过了大渡河，有一位排长身负重伤，在一个老乡家里养好伤后，无法追赶部队，便独自辗转回到家乡。如今，他就在这所敬老院里。部队把他交给老乡养伤时，给了他三块银圆，千里漂泊，他一文未花，1949 年后捐给了政府。我是在县武装部听说三块银圆的故事后，来敬老院看望一下这位老红军的，谁知，刚坐下和这位老红军说了几句话，一位老妪跌跌撞撞地走进来，拉住我的手，痴痴地看了又看。老妪头发花白，蓬乱得很，脸上的皱纹嵌满岁月的灰尘，她的嘴角向下弯着颤着，弯着颤着，两只灰蒙蒙的眼睛先是布满一层雾，继而凝成水珠，顺着脸颊流了下来。猛然，那老妪近乎疯狂地一声大喊："伢子啊！"抱住我号啕大哭起来。

我不知所措地站着，一动不动，也不敢推开那老妪。周围的人也是愣了一阵儿，连忙把老妪劝开，送回她的屋里。折回来，不知该怎样向我解释。

我已经没有了最初的震惊，我预感到，这老妪必有一段让人心颤的经历。

果如所料，老妪的丈夫是红军的一位指挥员，长征开始后，便没了音信，年轻的她带着儿子苦苦地撑持着，等候丈夫的归来。红军走后，白军把苏区屠戮了一遍，连茅草都要过火，连石头都要过刀，但作为红属的她和她的儿子却躲过了按说怎么也躲不过的厄运。没几年，日本鬼子来了，日本人比白军还要凶残，正在地里干活的儿子被抓走了，而且一去便没回来。自此，老妪精神失常，变得疯癫起来，整日在四乡游荡。偶尔也有清醒的时候，邻人告诉她，她的儿子被鬼子抓走修炮楼时死了。老妪不信，只佝偻着身子，一遍遍地喊他的儿子。中华人民共和国成立后的第三年，政府送来老妪丈夫的阵亡通知书，在她家门口挂上了一块烈属牌。乡亲们说，那天，老妪没疯，乡亲们离开后，她一个人关上门大哭了一场。

长冈乡的敬老院一成立，政府便把老妪安置进来，打那以后，她倒是不怎么疯了，只是一有生人来，她便会凑到近前看个没够，然后便搂抱着哭喊："伢子！"

她显然又把我当作她那被日本人抓走的儿子。老妪永远不会忘记过去，她的记忆太苦，苦得让所有听过她故事的人一想到她，心便无法平静下来。

由长冈乡的这位老妪，我想起徐志耕讲述他采写《南京大屠杀》一书时的一些情景。为写好这部作品，徐志耕走遍了南京的大街小巷，叩开一扇又一扇门扉，主人一听他讲完采访目的，大都脸色骤变，泪水纵横，手脚颤抖，每次交谈，都是一次煎熬。他还曾被一位幸存者的女儿粗鲁地挡在门外，说是为了不让母亲再次坠入痛苦与屈辱，她那一双纤细的手硬是钢铁般死死封闭住母亲的记忆。

徐志耕说，四十天里，杀了三十多万中国人。三十多万人排起队可以从南京站到杭州。躺下叠起来，比三十七层高的金陵饭店还要高出许多，三十多万人的血，有一千二百吨重，三十多万人的尸体，能装满两千五百多节车厢……

长冈的老妪和徐志耕的采写对象，都是战争的幸存者。

# 五

我经历过一场边境战争——收复老山。时间很短，从打响到回京发稿，在前沿阵地只待了二十几天。

1984年4月下旬，我与沈阳军区的王中才、南京军区空军的张嵩山分别从北京和南京飞往昆明后转火车至文山，然后乘军用吉普直驶战地。随后，我们三人分作两处，嵩山去了担任收复者阴山的119团，我和中才去了收复老山的主攻团118团。记得，我们刚在前指的帐篷里坐下来，便传来一阵炮声，这是我第一次亲历战争，疾步走出帐篷，丽日蓝天，边山如黛。炮声是从山后传来的，如果不是在战地，你会感到与平日听到的开山采石的爆炸声差不多。部队没有让我们参加行动，老山主峰收复后，才让我们上了阵地，那会儿，战场还没有打扫完。

在阵地上的日子有两件令人尴尬的事，尴尬是尴尬，但在某种意义上反映了人的本能。一件是，一天中午，从山下上来几位总部作战部门的大员，一个个气宇轩昂地挺着胸膛，仿佛这主峰阵地是他们夺回来似的。他们提出到一个敌人火力可以控制的前沿阵地去看看，部队同意了，我们也顺便跟着前往。因为行走在半人深的战壕里，倒不觉得有什么危险，一路上说东说西倒也蛮有兴致。忽然，一发炮弹呼啸而至，几位大员一下子全趴在了战壕里。这是冷炮，站着的是走在前面的团参谋长和他的两个参谋。我们也没趴下，在阵地上待了数日，我们已经有了区别炮弹落点远近的经验。这发炮弹掠过山梁，落到另一面山坡上，爆炸后，大员们起身拍了拍身上的土，看了看站着的我们，脸上露出的全是尴尬。再一件事是，我和中才在一个猫耳洞前的不足四个平方米的空场上，盘着腿和侦察连副指导员说话，忽然，一阵类似鸽子扑棱翅膀的声音传来，我们三个齐声喊了句不好，迅速转过身，三个脑袋一起钻进了猫耳洞洞口，接着，炮弹在猫耳洞下方四五米处爆炸，掀起的树枝土块噼里啪啦几乎把我们的身子全埋起来。我们从猫耳洞里收回脑袋，掀开埋在身上的树枝和土块，相互搀扶了一把，站了起来，因为往洞里钻的时候没有相让，一时间谁也不好意思望谁一眼。

每想起这两件事，便感慨，生死关头，求生原本是人的第一欲望呀！

又要收复一座边山了，这座山叫八里河东山，收复任务交给了另一个团。和收复上一座边山一样，我们和部队一起行动的要求，还是没有被批准，回答和上次一样，阵地拿下后再上去。

我们住在团指挥所后面，那里有一块五六平米见方的略为平整的地方，我们的小帐篷就支在那里，指挥所里的任何声音都能听得清清楚楚。凌晨四时许，指挥所里的通信器材都打开了，浓烈的战场气氛一下子弥漫开来，钻出帐篷，见团长站在伪装网下，死盯着不足十里之遥的黑魆魆的八里河东山，现在，那里还被敌人控制着，再有一个多小时将被我军收复。

倏忽间天地好像暗了一下，看看表，已是五时三十分，发起攻击的时间到了。先是一声清脆的爆炸，几乎没有间隔，接着又是两声，远处山头腾起了三团火焰，未等火焰熄灭，连成串的炮声轰轰隆隆，把整个边山震得一个劲儿地晃动。我的心一下子提到嗓子眼儿上，尽管前面并没有任何遮蔽物，我还是踮起脚尖眺望。火箭炮也加入进来，一排排的炮弹呼啸着，雷火般落下，把整个山头都点着了，火光中，山峦越来越清晰，天亮了，燃烧的树、峥嵘的山石，全进入了视野。

炮火轰击了半个小时后，齐刷刷地停下，黎明的雾霭中，爆响了清脆激烈的枪声、厮杀声。又半个多小时过去，团指挥所传出消息，主峰拿下了。果然，远处的枪声稀疏下来，火焰也在渐渐熄灭，只有烟缕在上升着，融进血一样的早霞。

八里河东山已经平静，我们依然在凝望那山峦，说不出心里是什么感觉，就这么快，这么简单。我问团长，伤亡报告出来了没有？团长摇摇头。我知道，收复老山时，伤亡不算小。从今天战斗结束得如此迅捷看，伤亡不会太大。团长仿佛知道我在想什么，说："八里河东山易攻难守，代价在后面。"果如团长所言，数年轮战，这里成了焦点，还获得"八十年代上甘岭"这个英勇的称谓。

回北京前，我们特意去了一趟陵园。这里掩埋着1979年自卫还击作战和收复扣林山、老山、者阴山、八里河东山牺牲的军人们。

我们在陵园里走走停停，停停走走，总觉得应该在这里好好陪陪他们。

又是一年过去，老山地区成了部队轮战的战场，一支部队回撤，一支部队上来。指战员们的聪明才智在战斗之余发挥出来，他们用弹壳做成包括手杖在内的各种工艺品，成了去战地慰问采访的演员、记者们最炫耀的纪念品。我收到了一支用弹壳焊接起来的手杖，是济南军区参加轮战的马正健同志托人从前线带来的。我在手杖上贴了一块胶布，胶布上写道："1985 年 11 月 7 日，在老山参加轮战的马正健同志托张庆秋同志捎来。"我把手杖平放在桌子上细细端详，这是用八枚 12.7 毫米的高射机枪子弹壳焊接制成的，杖身上端横着焊了一枚完整的子弹以便于手握，底部用一枚带有弹头的子弹触地，弹壳是铜的，锃亮，精巧而别致。拥有这样手杖的，大多不是军人，他们只是好奇。送弹头去饮血的弹壳，成了和平岁月的陈设和点缀。

那根手杖一直挂在我书房的壁上，最初的金黄的光亮已经褪去，周身泛着古老的红褐色，显得沉重而又久远。

# 六

就在我开始写这篇文字的时候，那位去了诺曼底的朋友寄来了他在法国探亲时记下的一些杂感，还附有十多幅照片，其中有一幅是诺曼底公墓——俯视着大西洋的空阔的浅坡上，墓碑一排又一排，几乎望不到头。朋友说，这些墓群对着岸边的一面陡坡，当年登陆，美军就是冒着密集的炮火，爬上这陡坡，在欧洲大陆站稳了脚，使欧洲战场态势发生了根本的转变。当然，还有许多倒在这里的美军，就长眠在这片墓地里。

我知道，在比利时还有一片墓地叫佛兰德公墓，安葬的是美国在第一次世界大战中阵亡的军人。

美国军人远离本土参加第一次世界大战，按美国人的说法，是为了使"一切战争都成为历史陈迹"。说这话的是曾任美国驻北约大使的戴维·阿尔希尔。然而，二十六年后，美国军人再次远离本土作战，又在诺曼底留下了永远不能回归的魂灵。

这个戴维·阿尔希尔在这两处墓地哀悼过阵亡者后，曾无限悲伤地自问："我的子孙是否有一天会像我这样站着，哀悼第三次世界大战中的死难者呢？"

这天晚上，我拿着这个美国人写的《防止第三次世界大战——现实大战略》一书，望着窗外流水一样的车灯，阵阵不安袭上心来。除了研究战争的人，除了有某种怪癖的人，如今恐怕没有什么人像这个美国人这般自问了。戴维·阿尔希尔不该是政客，他应该去做诗人，他的自问就是一首诗。自五十年前那场世界大战结束，大大小小的冲突就没有停止过，各种局部战争已经发生二百余次。这战争似乎铁了心要伴随着人类的脚步一起往前走了，因为一些天才的军事家们已经把新的战争图纸设计出来，这新的设计如同都市里耸起的立交桥和摩天楼，新奇得让人惊羡。传统的战争方式将被封闭在史书里，新技术革命在改变人们获得财富方式的同时，也在改变着战争的表现方式与战场范围，在人们谈论着信息高速公路的时候，信息化战场也已经构筑完毕。在未来的战争中，导弹可以像游鱼一样在城市的大街小巷里寻找目标定点打击；电子技术可以在瞬间摧毁所有的通信设备，瘫痪整个防御系统；士兵可以凭借携带在身上的卫星定位系统随时知道自己所处的位置；一架 F－117 隐身轰炸机飞一个航次投一次弹，相当于第二次世界大战中 B－17 轰炸机飞四千五百个航次、投九千枚炸弹；海湾战争中，"沙漠风暴"行动开始时，有三千台计算机与远在美国本土的计算机联网运行……

这就是未来战争。高技术能使首战变成决战，能使开始变成结束，没有前方后方，没有前沿腹地……那时，人们又该在什么地方建造多少如佛兰德、如诺曼底、如云南边境地区那样的墓地？建造多少如南京大屠杀殉难遗址那样的建筑呢？那时，你还能品尝着咖啡绿茶，谈论着离你千里万里之遥的纷争和战事吗？不能！因为在未来战争中，这个星球上的任何一个角落都可以成为精准打击的目标。那时，关于战争的歌与诗，关于战争的鼓乐与号管，都要换个调子了。

人们是自己在为自己制造藩篱。

如果上述方式的战争爆发了，你当如何？

如果你不愿意这种方式的战争爆发，又当如何？

我想起那年在扣林山主峰，我们的哨位与敌方的哨位只有咫尺之遥，连对方说话、咳嗽、撒尿的声音都听得清清楚楚。我问身边的一位战士："危险吗？"战士回答："还行。"我又问何也，答："距离太近，谁也不会轻易行动。"我明白了，"有无相生，难易相成，长短相形，高下相盈，音声相合，前后相随，恒也"，那春秋时期陈国苦县历乡曲仁里的李耳，早就把这个道理说得明明白白。

我还想再说一遍：战争是不能忘记的。苦难与血火煅冶了一个民族的意志，但光有意志还不够，光有意志仍免不了遭受欺侮，这是中国近代史证明了的。必须强大自己，强大得让所有的人都不可小觑，只有这时，才能实现"有无相生，难易相成"的大境界。

爱护我们共同拥有的这个地球吧，它实在是有着太重的负荷、太多的创伤，我们修葺还忙不过来，哪里还容得战争再把它撕成碎片呢！

1996 年 4 月

辑二　红蓝往事

# 流淌的河与流淌的记忆

1986 年是红军长征胜利五十周年。从年初起，《昆仑》编辑部便酝酿组织一次创作活动来纪念这个日子。几次论证后，决定由编辑部申请经费，组织几位部队诗人重走长征路。这几位诗人是沈阳军区的胡世宗、空军的马合省、海军的陈云其。

由于《解放军文艺》编辑部也组织了几位小说作者同赴瑞金，离京前，总政治部主任余秋里专门接见了大家并做了指示。余主任讲了一件当年的事情。说他们精疲力竭地在一座庙宇里休息，身上已经没有一粒粮食，后勤人员寻找粮食走了两天了，一点儿消息也没有。有人便把庙里的一面鼓皮揭下来煮着吃了。他知道了十分生气，庙宇是个念佛的地方，进来横七竖八地躺着，已经坏了庙里的规矩，现在可好，把人家的鼓皮也给吃了。便有人解释，说这庙荒废了，满院子的草，和尚早不知跑到哪里去了。余主任说，同志哥，这是政策，宗教政策，你们必须留下钱，留下信，向他们道歉。

讲述完上面这件事，余主任向前俯了俯身，对我们说了一段话。

他的方言口音很重，话听不太清楚，好像是说，你们要是路过那座庙宇，一定代他去看看，有没有重蒙的鼓置在鼓架上。

出瑞金，过湘江，一路颠簸，6月，诗人们到了昆明。世宗打来电话，说他们经费快用完了，希望能送点儿过去。还说下一步的计划是过金沙江，问我能不能和他们一起走一程。我把编辑部的工作安排了一下，飞到了昆明。第二天一早上路，到沙栎村时，已是下午两点，这里离皎平渡渡口还有六十多里山路，而且真的如羊肠一般，只能步行。

当年，红一方面军的一些部队就是沿着这条道走到皎平渡，强渡金沙江的。五十年过去了，向导说，这路还和当年一样，没什么变化。我们一边为道路仍是当年模样而感慨，一边为能踏上当年红军走过的山道而激动。走过这六十里山路，涉过金沙江就进入四川了。

金沙江是指长江上游自甘肃玉树巴塘河口至四川宜宾的一段，长两千三百多公里。其支流有无量河、雅砻江、普渡河、横江等，在云南丽江石鼓因急转北流，深切高原，构成著名一景即虎跳峡。两岸悬崖飞瀑，水流急湍，谷深达三千米以上，为世界最深峡谷之一。

六十里山路是下山，虽又窄又陡，但云高气爽，鹰飞草长，再加上彝家的寨子与土楼掩映在崖上和林中，一道山弯一幅图画，倒并没有感到走得艰难。又一想，天上没有"几十架飞机侦察轰炸"，地上"没有几十万大军围追堵截"，没有血战湘江四渡赤水越娄山关，是无法找到当年长征的感觉的。就在这议论之间，一阵雷声一样的轰鸣震撼耳鼓，向导说："这就是金沙江的涛声，渡口快到了。

我们顿生无限欣喜，然而，就是在这时，脚底的疲劳也袭上身来，天渐渐黑了，而且越来越黑，听着近在耳边的涛声，一分钟像一天一样漫长，直走得几乎再也无力挪动双脚时，树隙里透出一缕灯光，皎平渡到了。

世宗十年前陪袁鹰同志来过一次，对渡口唯一的一栋砖瓦房舍记忆犹新。当年为红军摆渡的船工陈余清陈大爷，接到通知后，一直在等着我们。世宗握着陈大爷的手，说，大爹，十年前我来过，你记不住了吧？陈余清老人便笑，而且说，记得记得。时间已晚，草草洗了洗脚便睡下了。那一夜真是枕着涛声，五十年前的历史在脑海里和着涛声一起翻腾，压根就没法入睡。窗棂透出一缕晨曦时，鸟鸣先是唧唧啾啾，很快便唱成一片。我们走到户外，不知是白天和黑夜的感觉差异还是真的，这时的涛声没有了雷鸣般的轰鸣，更像是哗哗啦啦的歌唱，江面不太宽，流水也不太急，只是浑浊一些，与被峡谷切成条状的湛蓝的天空形成截然的反差。这条承载过中国革命之舟的流水，在我们立足的这段河段上，竟显出了几分温柔来。

多亏世宗，见陈余清老人还没起来，便给我们当起解说员，把当年渡船的位置，毛主席指挥红军渡江的山洞都看完了。吃过早饭，陈大爷亲自摇船，让我们到对岸回望皎平渡。渡过金沙江，我们立足的地方已隶属四川凉山彝族自治州，著名的会理会议以及刘伯承元帅与彝族首领小叶丹歃血结盟，就是在这片土地上进行的。

返回云南一侧，我们要求自己摇船，陈余清老人像没听见，似对我们说，又似对江水说，当年，水也急，江面也宽，不像现在。陈余清老人说的情况应该属实，我们查过史料，过皎平渡时，红军还在江上架过一道浮桥，很快便被江水冲走了。

当年，这里的船工多为红军渡江摇过船，为毛主席摆渡的是张朝满老人，而如今健在的只有陈余清老人了。美国作家哈里森·索尔兹伯里在他的《长征——前所未闻的故事》一书中写道，红军过江后，破坏了所有的船只。红军一走，许多为红军摆渡的船工都被国民党抓了起来，或遭毒打，或被罚款，张朝满跑了，没被抓住。

近中午时分，我们开始往回返，走出很远，转过身，陈余清老人还在向我们挥手，阳光将一层金辉镀在老人的周身，如一尊在群山中矗立的闪光的雕像。

"八一"前夕，三位诗人到达延安，再至北京返回各自部队。而后，他们都发表了不少长征题材的诗作，也写到了自己在金沙江畔的感慨。这一年年底，胡世宗出版了《沉马》，马合省出版了《苦难风流》。这是那一年唯有的以长征为题材的诗歌集。

作为感情记忆的诗作发表和出版已经快二十年了，二十年，时间的尘埃足以把他们封在蒙尘的书架上和图书馆的一隅，很少有人再把它们翻开。人们关注的更多的是现实，虽然，历史是属于民族的，也是属于大家的。

而那条河，那条融汇千百年风霜雨雪荣辱悲喜的河，依然在或急或缓地流淌着，而且将永远流淌下去。

记忆也将永远流淌下去。

2004 年 8 月

# 求得墨宝添春色

20 世纪 80 年代，刊物编辑部每有认为重要的作品，总是请领导或书法家为之题写标题即篇名。

那时候不像现在有这么多规定，特别是请领导同志题写篇名，需要报请主管部门批准。因为没有什么具体规定，社里对这类事情从不过问，只要编辑部去做，自然是乐观其成。又因为没有复印机，不管是书法家的还是领导同志题写的标题，取回来交给美术编辑，由他们到工厂照相制版，然后按版面要求比例制成铅版，和铅字排成的版样拼在一起。再看时，就成了打印的清样了。那会儿，人心眼儿死，不管是谁的题字，从未想过作为墨宝或者资料留存下来，照相制版后，题字退回编辑部，便和这一期的其他原稿一起装进麻袋。如今在旧物市场，常有那个时期著名作家的手稿和领导同志的题字摆在地摊上出卖，想必是有心人从那些即将化成纸浆的稿纸堆里抽出来的。

先说书法家吧。

20 世纪 80 年代，书法家远不是现在的待遇，一提笔，动辄便是一平尺数万元。题写标题，刊物会给点儿稿费，但一条也就是十元八元，一次写三五个标题，挣不了多少。李铎当时在书法界便很有名气了，他是经常为《解放军文艺》题写作品标题的书法家之一，而且从不提稿费高低的事。

　　说实在的，那时我对书法界并不熟悉，自然也不知道李铎在书法界的位置。一次，王传洪社长告诉我，军事博物馆的李铎和朱德女儿朱敏正在编选朱德诗词选，该书由赵朴初先生勘校，要我去找李铎，从他那里选一些，刊物 8 月号发。于是，我便去找李铎，李铎选了十首，要我再送赵朴初先生看一下。赵朴初先生身体有恙，在北京医院住院治疗，我便拿着那些诗稿去了北京医院，赵朴初先生说，你先放在这里，我看完后，叫秘书与你联系。赵朴初先生的秘书姓范，待人极平易，两天后，范秘书打来电话，说赵朴初先生看过了，个别处做了一些勘校，叫我去六部口绒线胡同赵朴初先生的宅邸取。

　　因为和李铎打过交道，编辑部领导便要我去请李铎题写标题。我说，上次找他，是因为朱老总的诗稿，让他写标题，人家会答应吗？领导想了想，说，你和王侠同志一起去，王侠与他熟，在解放军俱乐部工作时便认识。

　　有了这第一次，之后，刊物一有标题想请李铎写，我连电话也不打，拿着张写着标题的纸笺就过去了。

　　李铎接过纸笺，将那些标题端详一会儿，在几案上铺开宣纸，然后笔走龙蛇，一一写来。那时候，只是觉得他的字好看，却从不曾当面赞美过。又有一次去请李铎同志写标题，编辑部的几位同志说，替我们求他一幅字吧。我连顿儿也没打就应下了。那天，李铎写完标题，我把大家的名字和请他写的字递给他。李铎笑着说，你给我揽了这么多差事！随后又铺开了纸，按大家的要求一一写就。

20世纪90年代，李铎已经是中国书法家协会副主席，北京的许多地标性建筑的名字都是由他题写的。虽在总政系统开会时能见面，每次也都寒暄一番，却再未请他题写过什么。

进入2000年后，一日，《军营文化天地》的许向群同志从军博回来，说李铎同志为我写了一幅字，是他自己写的诗，诗曰：落笔如锥铁画沙，崩云坠石走龙蛇。闲来也学先人法，半似鹍鸡半似鸦。这是一幅四尺的条幅，字遒劲古拙，真的如锥铁画沙崩云坠石一般。我把那幅字铺在地上，叫了几个同志过来一起欣赏，着实地沉醉了好一会儿。时李铎已年过七旬，书法造诣已炉火纯青。

请领导人题写标题，是在请书法家之后，大概见书法家不拒，胆子也大了起来。1985年为纪念抗日战争胜利四十周年，刊物组织了十七位健在将帅的诗词。一日，去中央顾问委员会委员李志民上将处，见将军正在欣赏同为中顾委委员的舒同为他书写的中堂。便说，请舒同同志为我们刊物题写一个标题吧。老将军问，写什么？我说，写"纪念抗日战争胜利四十周年"。没几天，李志民上将的秘书打来电话，说，舒同的字写好了，你过来取吧。

徐向前元帅也曾数次为作品题写过篇名，他的字是十分规范的楷书，端庄有力，沉稳中看。每次请徐帅题写，都是先用电话把标题告诉秘书，秘书再送徐帅，徐帅写好了，秘书便通知我们去取。记得为报告文学《两百个将军同一个故乡》题写题名时，徐帅写了两条，一横一竖，让我们挑选。徐帅的家在后海南岸，从北海北门对面斜穿一条胡同，沿一条南北向的小街走到头就是。小街叫柳荫街，路边有株株垂柳，柳丝在细风中摇曳，小街也因此得名。徐帅去世后，每次到那一带，我都会特意从柳荫街穿过，并非想回忆什么或者想寻找什么，只是走一趟而已。柳荫街的南端是恭王府，恭王府开放后，游人很多，热闹是热闹了，但却没有了亲王府前的肃穆，连带着柳荫街也喧闹起来，要走上好一段路后，小街才能渐渐平静下来。

请领导人题写书名，最高规格是请邓小平同志了。1986 年社里在全军范围组织撰写了一套"当代军人风貌"丛书，写了一封恳请邓小平同志为丛书题写书名的信。我至今不明白凌行正社长何以让我与刘松林大姐同去王瑞林同志家里递交那封信。记得是一天上午，我随刘松林大姐去王瑞林家，路上，松林大姐说，她恢复工作就是给邓小平同志写信，请王瑞林同志转交的。到了王瑞林家里，刘松林和王瑞林说话，我一句也没听进去，盯着壁上一幅毛泽东同志手书的《浪淘沙·北戴河》看不够，还傻傻地问，是毛主席的真迹吗？王瑞林笑笑。离开时，松林大姐把社里的请求说了一下，我把社里的信递给了王瑞林同志，并没有再多说什么。几天后，邓小平同志题写的丛书名《当代军人风貌》，便由中办寄到了社里。

现在，刊物设计版面都是用电脑，需要什么字体，在字库里一搜就齐活。方便是方便，但却没有了个性，更感觉不到羊毫蘸墨书于纸之上的韵味了。

一日，在紫竹院散步，见一老者用海绵削成的笔蘸着湖水，在铺路的水泥方砖上写字，那字写得遒劲奔放，引得游人纷纷过来观看。心想，当年，要是再请几个平民书法家写些标题就好了。

2012 年 7 月

# 一个水兵和他的海之梦

　　1997年深秋的一天，我刚走进办公室，《昆仑》编辑部主任编辑张俊南、副主任丁临一、编辑余戈便跟着走了进来。他们把一叠厚厚的稿件放在案几上，话很简单：这是一部长篇稿，基础不错，希望我看一看，帮助他们下个决心。但有一个问题，作者不知在什么地方，送来稿件时，没有留下任何联系办法，好像不经意间将一件物什丢在了编辑部。

　　对这样的一部稿件，我并没有十分在意，有几次，把它放在眼前后，又推到了一边。几天后的一个中午，在饭堂排队买饭时问起丁临一，这是一部什么样的稿子？那时，丁临一已经是在军内外很有影响的文学评论家了，他简要地将作品内容说了一下，说，稿子基础的确不错，要不是作者无法联系，编辑部就直接请他来改了。让我看，是希望我对稿件有一个明确的意见，然后，再决定是否下决心寻找作者。

　　就在这天下午，我推开了手边别的稿件，翻开了这个署名为詹文冠的海军战士的作品。

这是一部描写当代中国海军生活的长篇小说，通过一群水兵各自不同的命运和归宿，表现了他们对未来高技术条件下海上战争的严峻思考，揭示了他们蜕变与新生的情感历程。作品内容丰富，文笔酣畅，不同层次、不同性格的人物形象栩栩如生，难能可贵的是，作者没有回避现实生活的严峻，在矛盾的冲突与碰撞中，表现了当代军人高亢的爱国主义热情与革命英雄主义精神。当然，问题也是明显的，主要是在人物命运归宿及情节设置的合理性方面；再就是文字和语言过于潦草，但以作者表现出来的文字功力和文学修养看，在此基础上再提高一步当不是问题。看完稿件后，我叫来张俊南，表示同意他们编辑部的意见，让他们设法寻找作者来社里修改稿件。

这是八年前的事情，较之现在，社会的价值选择与趋向，有着很大的不同。现在，整个社会都显得心浮气躁，编辑人员劳神费力，漫无边际地寻找一个名不见经传的作者，为他的处女作呕心沥血的事已经不多了，但当时，在处理这部稿件中，编辑人员所表现出的高度责任感，不但真诚，而且强烈。

詹文冠在哪里？先从海军问。

按常理，能写成这样一部作品的业余作者，海军创作室和文化部门的同志应该知道。果然，海军的信息反馈回来了，此人系江西九江人，原在海军驻福建马尾某部服役，入伍时间大概在 1990 年前后，已退伍数年。得到这个消息，作为责任编辑的余戈匆匆登上南下的列车。那时，京九线还没有贯通，他是先武汉，后南昌，再到九江的。

九江军分区的同志十分热情，他们查了九江市 1990 年前后两三年的征兵登记和档案，没有詹文冠的名字，如果确实是九江籍的话，那就是在下辖的区县里了。九江市下辖的区县有十三个，1990 年前后三年间入伍的青年有数千人之多，排查起来，并非易事。

余戈回到北京后和我说起这件事时，兴奋得眼睛闪亮，他说：档案查询没有结果，分区的一位干事建议他去电视台，寻求他们的支持。到了电视台一说明情况，电视台非常热情，当晚就播发了一则寻人消息。大意是，1990 年前后从九江入伍在海军驻福建某部服役，如今已退役回到家乡，叫詹文冠的年轻人，写了一部长篇小说，现在，解放军文艺出版社的同志来到九江寻找他修改稿件，就住在军分区，希望知道詹文冠情况的人看到这则消息，能转告詹文冠或提供他现在的下落。对这则消息，余戈并没有抱太大的希望，如今，经商务工，北上南下，红尘滚滚，人海茫茫，谁知道这个年轻人在什么地方？消息播出就那么十几秒钟的时间，能那么巧，熟悉詹文冠的人就在看那个台？而且那个台就在播发那则消息？那一夜，余戈怎么也睡不踏实，他已经请示编辑部领导，如果再没有反应，就准备返回了。

反馈是伴着第二天的晨风传来的：詹文冠的同学看到了电视台播出的消息，立即将消息转告詹文冠家里，对这样的消息，家里人自然激动而又兴奋，随即打电话，让在石家庄市打工的詹文冠立刻回九江。天一亮，詹文冠的同学伴着他的家人便来到军分区招待所，见到了余戈。余戈一面打电话将新情况告诉编辑部，一面通知詹文冠直接去北京。当余戈风尘仆仆回到社里时，詹文冠也到了社里。

下面的事情就简单了，詹文冠在社里书库住了下来，开始按编辑部的意见修改稿件。因为他在外打工，不干活便没有收入，编辑部专此向社里写出报告，修改稿件期间的食宿费用由社里承担。

　　书库坐落在北三环中路一个不大的院子的一角。叫书库，是因为社里的版本书曾在这座建筑里存放过。除却库房，另有几间房子供作者在社里改稿时住。20世纪80年代初，包括《高山下的花环》等在内的一批产生广泛社会影响的军事题材作品，都是在这个书库里诞生的。詹文冠的这部稿件又改了两稿，跨时近三个月。定稿后，没有在《昆仑》杂志上发表，直接纳入作为"国家95规划重点图书"的"军旅长篇小说新作丛书系列"出版。书名叫：《恕我违命》。

　　作品出版后，詹文冠没有像时下一些作者那样去关心销售行情、读者反响，更没有想尽办法操持研讨会、座谈会什么的，以扩大图书的社会反响，匆匆向编辑部的同志道谢后，便离开北京，回到了他打工的地方。一年后，他曾从山东的一家电视台给我打过一次电话，说给一个什么剧组改剧本，声音不好，他一再说，很怀念在《昆仑》编辑部改稿的日子。再往后，便没有了任何音信。问起张俊南等人，他也没与他们再联系。而这套"军旅长篇小说新作系列丛书"，在当年获得"中国人民解放军图书奖"。

　　编辑部的同志依然如故，日复一日地在小山一样的稿件堆里寻找、发掘能引起他们心动的稿件。詹文冠和他的改稿经历，已经成为往事，渐渐地被时间的落叶掩盖了。

　　一日，与余戈聊起《恕我违命》。我问，现在还会像八年前那样，不遗余力地去寻找一个名不见经传的作者吗？余戈笑了笑，说，如果有值得这样做的稿件，还会。

　　这就是编辑——为人"作嫁"，默默奉献。

2005年8月

# 又是枫叶将红时

枫叶将红未红时节，与几个朋友去香山。

行至一处，一位老兄问我，记得这个地方吗？我看了看，说，二十多年前，开全军诗歌创作研讨会，在此与张永枚、柯原、韩笑、纪鹏、喻晓、周涛、李松涛、峣桦等同志合影。那老兄又问：可记得柯原同志和你说的话？我说记得，柯原说，步涛，不要让这第一次座谈会变成最后一次，全军的诗人聚会不容易。这位老兄显然要让我喘不过气来，不容我再说，又逼了上来：二十多年了啊，你可是从编辑当到编辑部主任，当到社长，就没想过再开一次全军诗歌座谈会？我哑然。心里却说，时情世情都在变，今天的文学状况乃至人的心境，和20世纪80年代初不一样了。再细想，无论如何，那次会议对军队诗歌创作的作用，给以怎样高的评价都不为过。只是，这一眨眼的工夫，遍山的枫树黄栌竟然已经染红二十多个秋天了。

20 世纪 70 年代末，是共和国历史正涌动滔天巨澜的时刻。作为社会变革的"晴雨表"，文学也表现出空前的繁荣与活跃，各个门类都硕果累累，军事文学创作被称为中华人民共和国成立以来第二次收获期。部队的诗歌创作也不例外，与其他体裁同步，也进入一个新的高潮期。为了展示队伍，促进创作，《解放军文艺》1981 年下半年起，开辟了"战友诗苑"一栏，到 1983 年上半年，两年的时间里，发表了一百零二位作者的组诗。其中新作者占五分之三。无论是创作水准，还是作品中透出的社会责任感与使命感，都让我们这些当编辑的颇为自豪。那几年，中国作家协会举办的年度评奖，小说、报告文学、诗歌三大项，军事题材与军队作者年年榜上有名。更让人欣喜的是，一批年轻作者不仅逐渐成为部队诗歌创作的中坚力量，也成为我国诗坛上的佼佼者。

1983 年国庆刚过，召开全军诗歌创作座谈会的通知发到各大军区文化部门，数日后，中华人民共和国成立以来活跃在我国诗坛的四十余名部队老中青诗人聚集北京西山。

那时的解放军文艺出版社，能够接站送站的车辆是一辆北京吉普。报到的那天，这辆车便成为诗歌座谈会的专用车辆。外地来北京的列车，到站时间多在夜间，而且经常晚点。我和《昆仑》编辑部的晓桦同志裹着件大衣蜷缩在车里，过一会儿就去站口看看列车还有多久才能到站。若两个车次相近，就让先到的同志坐在车里等一会儿，待后一趟车上的同志到了，再一起去西山。

座谈会召开的那天，总政文化部的领导刘白羽、李瑛，享誉我国诗坛的老诗人臧克家、朱子奇、贺敬之、魏巍、张志民、杨子敏、蓝曼等同志都到会和大家见面并一起合影。

会议整整开了三天，就当前军旅诗歌创作的状况、成绩、问题、发展趋向做了十分具体的分析。

那三天，晚饭后沿山路散步是最轻松的事，当然会三三两两，前后差不了几步。年轻人爱热闹，推推搡搡，起外号相互打趣。周涛从西北来，便称他"野狼"，贺东久有些"滑"，便叫他"狐狸"，陈云其来自海军，大家叫他"海豹"，南京军区的牛广进站立时，爱屈肘将小臂提至胸前，于是大家便叫他"袋鼠"，等等。女诗人只来了两人，一个是武汉军区的虞文琴，一个是成都军区的尚方。虞文琴在百万大裁军时转业到了中国音协办的《歌曲》编辑部，后来成为这家刊物的主编。尚方是替代杨星火同志参加会议的，报到前，杨星火因病不能参会，成都军区不肯放弃名额，直接安排刚在《解放军文艺》发过一组诗的尚方来了。尚方是北京人，会后接着休探亲假，正逢《解放军生活》筹备创刊需要人手，尚方在大学是学中文的，一推荐，成了刊物的创办者之一，到20世纪80年代末，她已经是这个刊物的副主编。

需要多说几句的是杨星火杨大姐，虽然她没能到会。1949年前夕，杨星火在国立中央大学化工系读书，1949年南京一解放，刚大学毕业的她，便考入二野军政大学，1951年，她随二野第18军进藏，开始了她长达二十多年的藏区生活。她以西藏为创作背景，写了许多好诗和脍炙人口的好歌词，如《一个妈妈的女儿》《叫我们怎能不歌唱》等。她还收养了好几个藏族的孤儿并把他们抚养成人。杨大姐始终保持着标准的军人姿态，每次来京到编辑部，都是先敲门，接着喊"报告"，等里面应答了，再推门进入。五十多岁的人了，军用挎包左肩右斜地背着，人造革的外腰带规规矩矩地扎在腰间，总穿着一双带襻带儿方口塑料底的黑色布鞋，一身老战士的行头。

而韩笑、张永枚、柯原、郭光豹等广州军区的一拨老诗人则成为老同志的核心，蓝曼、元辉、周鹤、顾工、纪鹏、廖代谦、津江等，每到散步时便加入他们的队伍。于是，西山那条山路，就这样错错落落地走着部队的诗人们，并成为那年秋天西山的一道风景。

那次会议对部队诗歌创作的促进是明显的，第二年，解放军文艺出版社的"战友诗丛"丛书出版，两年间，出版了二十多部，那一时期创作活跃的部队年轻诗人，几乎都纳入其内。老诗人的诗集也在社里陆续出版。当然，这与社里对诗歌创作的重视与扶持是分不开的。

三天后，座谈会结束，和报到时一样，我和晓桦同志将与会者一一送到机场和车站，回到西山已近傍晚。招待所的院子外，通往香山的那条小路上，没有了前几日的热闹，没有了那三三两两散步的身影，一时间，我和晓桦呆呆地站在院子里，心里变得空空落落，直到刘占英同志叫我们进去吃饭。

对了，还要说一句，那时，社里经费不宽裕，空军的文化部长周鹤同志让他们的一个招待所承办了这次座谈会，还安排空军创作室的刘占英同志协办会务。如今，周鹤已离休多年，住在北郊一个叫太阳城的小区里，占英同志转业去了华侨出版社，现在也退休了。

十九年后，我在广州见到了军区创作室的老同志，见面后，自然十分激动，好一阵寒暄。当年参加座谈会的老诗人们，只来了柯原同志，韩笑已经去世，张永枚回湖南老家了，我问郭光豹同志的身体情况，说他能拄着拐杖活动。那年，柯原同志已年逾七十，头发已经开始花白，他在朝鲜战场写《一把炒面一把雪》时，刚刚三十岁。

多年不见，自然要一起吃顿饭。那顿饭吃得时间很长，柯原同志没有再提诗歌座谈会的事情，广州军区创作室的崔洪昌主任知道柯原同志在西山诗歌座谈会上给我说过的话，低声给我说，柯原忘了。我说，不会忘，是怕我尴尬。

人这一辈子，许多事都是这样，拖着拖着就放下了，而被放下的事，许多便成为终生的遗憾。

从广州回来后的那年初冬，我去了一趟香山，是走八大处的东麓，为了能在那条路上找回一些当年的记忆。不料那小路已经扩成了沥青铺成的大路，各种车辆络绎不绝地往返着，真的是时过境迁了。不过，枫叶还是像当年一样，潇潇洒洒地染红了一面又一面的山坡，当然，此红叶已非彼红叶了。

2007 年 11 月

# 一片剑气冲牛斗

上班后刚在办公室坐下来，王传洪社长来电话叫我上他办公室一趟。到了社长办公室，见我们散文诗歌编辑组的纪鹏组长和分管副社长吴之南都在。任务简单又不简单：今年（1985年）是世界反法西斯战争胜利暨我国抗日战争胜利四十周年和建军五十八周年，组织一组将帅诗词在《解放军文艺》上发表，如何联系自己想办法。传洪社长翻了翻桌上的台历，说，8月号发表，不到两个月的时间了，怎么样？

那是1985年6月初。

回到自己的办公桌前，略微整理了一下思路，便叫来帮助工作的刘立云同志，一起拉出了一个十七人的名单。即：徐向前、聂荣臻元帅（我们也提出请叶剑英元帅写，传洪社长说，叶帅病重，不要打扰他了），在京的一名大将，十名上将，三名中将。京外的上将只约请了南京军区的许世友司令员，因为熟悉在他身边工作的同志。在京的将军是：萧劲光、杨得志、张爱萍、洪学智、萧克、杨成武、萧华、廖汉生、李聚奎、李志民、钟期光、刘志坚、莫文骅、张震。当时的想法是，十七名将帅能约来十名左右的诗稿就行。名单报送传洪社长后，当天就批复回来，下面便是如何与这么多将帅取得联系并得到他们的支持了。

现在想起来，如何与这么多将帅取得联系是最费周折的一步。问有关部门，人家不容分说便拒绝了，理由很简单，不能随便提供领导同志的住址与电话。举目无门之际，遇到刚为杨得志同志执笔写完回忆录《横戈马上》的总政文化部文艺处赵鳌处长。对于我们这些三十多岁的编辑来说，他是前一代作家了。二十岁时，他便执笔为陈昌奉同志撰写了在全社会引起强烈反响的回忆录《跟随毛主席长征》。听完我的讲述，他说，我先和杨总长的秘书李殿仁同志说说，看杨总长同意不同意撰写，若同意，你再从李秘书那里打听别人的电话。真没想到，与众多将帅身边工作人员联系的门扉，就这样推开了。我与立云同志分别打电话，上门汇报。就是这一段时间，我们得以拜访了这些老将老帅，聆听他们的教诲，一览他们的风采。这些将帅们多住在这个古老都城里并不起眼的胡同小街里，那里，有一座座深深浅浅的院落。或在院落里浓密的树荫下，或在简朴却宽敞的客厅里，我和立云同志一次又一次地听他们回忆当年艰难而惨烈的战事。

记忆最深的是杨成武同志讲述黄土岭之战和李志民同志唱《抗日军政大学校歌》。

我和立云在客厅里静静地坐着，等候杨成武同志下楼。少顷，秘书轻声说，首长来了。我们俩连忙站起身，到楼梯前迎候。杨成武同志问了问我们的想法，坐下来，将那霜雪铺顶一样的头颅微微一仰，说起黄土岭之战。将军是福建长汀人，浓重的乡音让人只能从他话音所传导的情绪揣度他讲述的事情。忽然，将军爽朗地笑了起来，而后，我们清楚地听到他说出"阿部规秀"四个字，并用右手做了一个射击的手势。我们明白了，将军是说阿部规秀被八路军击毙的。而那场震碎敌胆的战斗，便是杨成武指挥的。将军不再说话，秘书说，首长说就写黄土岭之战。一个月后，杨成武同志着工作人员送来了诗稿。那是一首七律，诗名就叫《黄土岭之战》，诗曰：

> 云谷重关雾沉沉，
> 六郎插箭雄风存。
> 巧布伏兵雁宿崖，
> 全歼辻村侵略军。
> 再展奇谋黄土岭，
> 阿部规秀化青鳞。
> 捷报飞若初冬雪，
> 扶桑朝野俱断魂。

中央人民广播电台的雪汉青知道了我们在组织这样一组稿件，想请杨成武将军录制配音朗诵，将军爽快地答应了。在总政话剧团的录音棚里，播音员一番介绍后，杨成武将军朗诵了上面的那首《黄土岭之战》。那天，我一直待在录制现场，我认为，将军一定在家里练习过，要不，何以朗诵得那么铿锵有力！抑扬顿挫又是那么恰如其分！虽然是浓重的闽南方言，却被将军念出激昂雄壮的旋律来。

李志民同志唱《抗日军政大学校歌》是在我去他的住处取稿时。客厅里就我与将军二人。他要我看看诗稿，有什么意见他好再改。就在我看诗稿的时候，将军轻声哼起了这支令人荡气回肠的战歌。我不再看诗稿，但也没有抬头。我不愿意让将军感到我在听他唱歌，尽管，客厅里就悬挂着中华人民共和国成立十周年时，他在人民大会堂指挥将军大合唱时的照片。将军是轻轻哼唱的，准确地说，是轻轻哼唱着旋律。朦胧中，将军的诗笺上幻化出一片硝烟，硝烟渐渐散去，视野里出现一弯缓慢流淌的河，出现宝塔山上那高高的塔影。将军写的诗的标题就是《忆"抗大"》：

五十年前熔炉火，

垂暮更在相思中。

老红万点尽心血，

新绿千重倾忠贞。

"越抗越大"无前例，

灭寇灭蒋有奇功。

长征接力需精神，

抗大传统照天明。

这么多年过去了，无论是在广播中还是电视里，每听到《抗日军政大学校歌》，眼前总是浮现出将军哼唱这首歌的情景，而且，韵味是那么独特。那是战争亲历者的体悟，非从那个时代走过来的人，任怎样唱，也唱不出那种韵味。

所约诗稿全部提前寄至或送到编辑部。除了聂帅是打印稿签名外，其他诗稿都是亲笔书写并签名。徐帅的诗稿用的是土黄色的毛边纸，诗则是用毛笔誊写的。许世友将军的诗笺最有特色，那是两页八开的白色道林纸，诗是以乐府歌行体填写的《百万子弟唱大风》，但只填了十六句。诗开篇便道："八十回眸忆平生，鼙鼓旌旗铺征程。"诗是用铅笔写在纸上的，每个字都有红枣般大小，斜棱着，写满了纸笺。秘书另笺附言，说将军执意要自己誊抄。

那一天，我和立云把所收到的十七名将帅撰写的诗词在案桌上散作一个扇面，恭敬地站着，细细感悟从诗笺上溢散出的浓重的历史烟云。而后，一遍又一遍读那些大气干云的句子，在元帅和将军浓浓的诗情里，我们的灵魂一次又一次地受到震颤。

这组诗词在第 8 期《解放军文艺》上以头条位置发表。刊物 8月 1 日出版，当天，中央人民广播电台的早间新闻和报纸摘要、中央电视台晚间的新闻联播都做了报道。《人民日报》《解放军报》《光明日报》也在头版位置转载了这组诗词作品。几天后，《参考消息》报道，日本《读卖新闻》也转载了这组诗词，说是抗日战争胜利四十年之后，中国的将帅们第一次以这样一种方式，再次表达自己对昨天那场战争的态度。将帅们的态度也即中国人民的态度，日本朝野应有足够的重视。

又二十多年过去，日本右翼势力的军国主义野心依然未泯，日本的一些政要仍不肯对受到严重伤害的中国人民和亚洲人民做出郑重道歉，甚至不肯对那场战争的侵略性质做出认真的认识和反省。这种错误的态度与选择，给整个亚洲乃至全世界的和平，蒙上了一层无法挥去的阴影。

按编辑部的一贯做法，刊物出版后，那些珍贵的原稿和其他作品的原稿一起归档。几个月后，我离开《解放军文艺》到《昆仑》编辑部工作，交接时，我特意提到将帅们的那些原稿，建议选个时候，捐给中国现代文学馆。然人事更迭，办公场所几度搬移，那些原稿还是寻不见了。我倒是希望它们不是和那些每隔几年便送去化作纸浆的其他原稿一起，毁在造纸厂的化浆池里，而是被某个有心人存留下来。或许有一天，会在北京的潘家园或其他什么地方旧货市场的摊位上出现，让今天的人们从那肯定已经发黄的诗笺上，感悟功名赫赫的元帅与将军如何用诗歌这一文学样式，表达他们对昨天那场战争的思考与回顾。

今年是中国人民解放军建军八十周年。二十二年前撰写这组诗词的将军与元帅，多已不在人世。而他们的精神，他们为这支军队建立的丰功伟绩，将永远镌刻在迎风飘展的军旗上，镌刻在共和国的历史丰碑上。

2007 年 8 月

# 苦菜花开也清香

阅读《苦菜花》一书时，我还在中学读书。那时，书后并不署谁是责任编辑，读者只是为作品中的主人公命运感慨，不会去想是谁组织编辑了这部书稿，更不会去想编辑在这书里的字里行间下了多少功夫。

在出版的图书封底和版权页署上责任编辑的名字，是 20 世纪 70 年代末的事情，我社一版再版的《苦菜花》一书，责任编辑署名也不是宁干的名字，而是现在责这部书稿再版的同志的名字。知道宁干是这部脍炙人口的作品最早的责任编辑，是来解放军文艺出版社工作后翻阅社里的有关资料，看到关于宁干的记载，他当时是解放军文艺社的副主编，直接组织并负责完成了《苦菜花》一书的全部案头工作。作者冯德英是空军的，《苦菜花》引起巨大社会反响后，他向时任空军司令员的刘亚楼同志力荐宁干，刘亚楼同志遂向总政要宁干到空军担任文艺创作室的主任。20 世纪 60 年代初，空军的文艺创作十分活跃，歌剧《江姐》已经红遍全国，刘亚楼把宁干要到空军，是希望宁干助推空军的文艺创作再上一个新的台阶，但让人们始料未及的是，宁干到空军后不久，"文化大革命"开始了，刘亚楼、宁干和所有的共和国公民一样，已经无法把握自己的命运了。

从宁干的生平看，"文化大革命"结束后，他没有工作几年便离休，开始了他的"为霞尚满天"的岁月，抗日烽火，御敌硝烟，只是其梦里铁马冰河，醉里挑灯看剑，其对文学的追求，对事业的执着，也只能在其偶尔发表的片言只语里寻觅了。

接空军电话告知宁干同志去世的消息后，社里几位领导同志都沉默了良久，我说，我代表大家去送宁干同志一程吧。第二天，我比要求的时间略早一点儿到了空军总医院，和在现场接待的空军的同志打了个招呼，便排着队，和前来向宁干告别的其他同志一起，踏着低沉的哀乐，缓缓走入停放着宁干同志遗体的狭小的空间。身着老式军装的宁干身上覆盖一面党旗，周围簇拥着鲜花，他的神态十分平静，只是全然不知道人们在他的周围做些什么了。

返回社里的路上，我想到许多。

如今，若是一个人开口责任闭口敬业，会被许多人不屑。然而，我想到的还是责任和敬业，宁干便是一例。我想，宁干在停止呼吸前，怕不会去想他曾组织编辑的《苦菜花》一书，更不会去想这部《苦菜花》给我们这个时代带来什么，可是，由于他的劳动，他的智慧，的的确确给我们，给我们这个社会带来一笔巨大的精神财富。诚然，读者阅读《苦菜花》后，谈起的都是"大娘"，是"娟子"……是一个民族生生不息的意志和坚韧，不会有谁想到编辑在书后付出的劳动和智慧，但谁能否认编辑高尚无私的劳动呢！

由于第四次世界妇女大会在北京召开，部分车辆限行，本来已经够宽阔的道路一下子显得更加宽敞起来。两侧，摩天大楼鳞次栉比，绚丽的装饰让人目不暇接，这些年，北京渐渐富丽起来，堂皇起来。由此，我想到我们的事业，我们在事业这部机器上的每一个环节上的人。宁干编辑了一部《苦菜花》，留下的是远比一部书稿厚重得多的精神财富。我们呢？我们是否也能留下一片绿荫，让人去遮一遮炎热的阳光？是否可以留下一眼清泉，让路人止一止干渴？是否可以留下一片沃土，让种子生根、开花、结果？在我们离去的时候，是否可以毫无愧色地把曾经鼓荡我们青春风帆的《钢铁是怎样炼成的》一书里的那段名言，念诵一遍？

编辑这个充满奉献意味的职业，如今和许多事情一样，有些离开了本意，有时，还会相去甚远，奉献中时时夹杂着一些功利，高尚中时时掺有丝丝卑微，实惠成了人们毫不掩饰的目的，交换法则比任何一个时候都更加广泛地被人们沿用到任何一个领域。"蜡炬成灰""春蚕到死"这样的古训，在不少人心中，只是在特定的时刻面对特定的对象时，才闪烁一下那源自千百年前的光焰。而我们极力张扬的共产主义的旗帜，似乎一下子变得更加遥远，真的如站在海岸上望那刚驶出地平线的桅顶了。这般想来，远古与未来之间，便出现一个巨大的空间，迷茫、困惑、彷徨和犹豫，便在这空间里滋生出来。什么时候，远古的辉煌和未来的灿烂能织成一片完整的云锦呢？

写到这里，我忽然想知道，宁干同志生前回忆往事的时候，关于《苦菜花》一书，他都说过什么呢？多少年了，《苦菜花》从不曾被读者冷落过，几代人都吮吸过《苦菜花》的清香呢。作者的功德无量，编辑呢？编辑的功德也是无量的啊！

这天傍晚，下了一场豪雨。雨住时，已经夜幕低垂，晚夏的风，开始凉爽起来，雨洗过的路面把灯火映得格外灿烂。我想起白天想到的云锦，宁干同志是织过一段的，如今，这把梭交在我们手里握着，我们还要把这梭再交接下去。如果，每一次交接，都不出现任何瑕疵，那该是一片怎样晴朗的天空啊！

对于乘鹤西去的宁干同志，我想到的是两首诗中的句子，一是"不言春作苦，常恐负所怀"，一是"自是桃李树，何畏不成蹊"。前一首是陶渊明所作，他写这首诗时，是否在桃花源里，不得而知。后一首是李贺的，道出的是一条至理，一条足以让所有矢志于"春蚕到死丝方尽，蜡炬成灰泪始干"的人们欣慰的至理。

我想，明年开春后，我该去《苦菜花》写到的昆嵛山一趟，在那里，我要焚烧一部《苦菜花》的书稿，看那灰色的蝴蝶怎样缓缓地落在花枝上，然后俯下身，闻一闻苦菜花散放出来的淡淡的清香。

1995 年 8 月

# 天高地阔路亦远

## ——《解放军歌曲》改刊《军营文化天地》十年琐记

到 2005 年第一期,《军营文化天地》出刊已经整整十年了。十年,是一段既漫长又短暂的岁月,应编辑部的要求,零零碎碎地将往事作些追忆,是为琐记。

1994 年 5 月,总政一位分管宣传文化的领导和文化部部长刘晓江、直工部部长陈章元来社里检查工作,在听取我社工作汇报后,总政领导说,是否考虑将《解放军歌曲》改刊为一份综合性文化月刊。社里的几位同志还没有作答,刘晓江部长便说,你们尽快送一份改刊方案。

送走总政领导,社里几位同志随即返回会议室,就落实总政领导指示进行研究。

《解放军歌曲》是 1951 年创办的一份专业性音乐刊物,数十年来,在全军广泛演唱和传唱的歌曲,百分之九十都是由《解放军歌曲》首发的,它不仅是音乐工作者的创作园地,更是全军指战员精神文化生活的乐土，对部队思想建设发挥了不可估量的作用。就其社会影响而言，《解放军歌曲》和全国音协主办的《歌曲》，可谓音乐界众多期刊中并峙的双峰，代表着全国和全军歌曲创作的水准。进入新的历史时期，由编辑部组织创作并首发的数十首队列歌曲先后被总政向全军推广，抒情歌曲《血染的风采》《十五的月亮》《望星空》《当兵的历史》等更是为全社会传唱。将这样一份有着四十多年历史和广泛社会影响的刊物停下来，改为综合性文化月刊，会有什么反应，成了社领导们着重研究的问题。

反应归反应，必须看到，随着社会的发展，媒体与传播方式越来越多样、越快捷，部队广大指战员的文化素养较之过去有了巨大的提升，文化生活的内容与样式变得越来越现代，而全军尚没有一份综合性文化月刊，以满足全军指战员的精神文化需求。将《解放军歌曲》改为综合性文化期刊，是总政领导从全军文化建设需要的高度，做出的决策性指示，不仅重要，而且急迫。

认识统一后，社领导进行了分工，由时任社长的朱亚南同志牵头，分管副社长范咏戈具体负责，刚任命为《解放军歌曲》编辑部主任的刘林同志，则全力进行新刊策划与组稿筹备事宜，并决定9月出版试刊号，免费发送全军。编辑部的老主任邵遗逊同志负责《解放军歌曲》本年度最后7期的出版和终刊工作。鉴于《解放军歌曲》编辑部的同志大都接近退休年龄，临时从全军借调了几位年轻同志参与筹备，为了加强力量，又将《昆仑》编辑部的江宛柳同志调整过来，改刊工作遂全面展开。

总政很快就对改刊报告作了批复并报国家出版署核准。文化部领导说，总政领导从几个待选的刊名中圈定了《军营文化天地》，还说，文化天地，天高地广，下面就看你们了。

我社自 1951 年创建以来，编辑力量一直以组织出版文学艺术类作品特别是军事文学艺术类作品见长。改刊实际是创刊，除设置一个继续发表音乐作品名的栏目"解放军歌曲"，可由原音乐编辑负责外，对更多的同志来说，从装帧设计、正文版式、稿件内容、作者队伍组织和建立等，全部需要重做和重组。刘林同志很快就拟出了刊物宗旨、定位、栏目设置等基本设想提交社党委研究。在部队长期从事文化工作的朱亚南同志把自己对部队文化工作的理解和认知全融进了办刊方案，江宛柳同志则在解放军总医院的病房里，完成了对我国第一次在世界速滑比赛中争得金牌的我军运动员叶乔波的采访，以"走近叶乔波"为题，撰写了试刊号的头题作品。

一边工作，一边熟悉，一边调整，一边规范。在准备试刊号的日子里，编辑部办公室的灯光常亮到很晚很晚，一沓沓的稿件从部队基层飞来，一封封的信件又从编辑部回到部队基层，在有序的繁忙中，一个个栏目的雏形渐渐成为大家的共识，继而呈现在散发着油墨清香的清样上。在编辑部工作时间长一些的同志，都还清晰地记得看到第一份清样时的感觉：捧着清样，手是烫的，心是热的，再过几天，这清样就要合成为一份新的刊物，出现在全军指战员面前。试刊号首页是《致读者》，开篇便道："希望你翻开这本新鲜的杂志，就多了一位知心朋友。"

试刊号在全军部队受到热烈的欢迎，几乎每天都有各种反映回馈到编辑部，提建议、提要求的，出主意、想点子的，广大指战员以火焰般的热情，焦急地等待着正刊的出版发行。

也有截然不同的反映传到社里，那就是对停办《解放军歌曲》

的批评，激烈地指责停办这样一份有着悠久传统的音乐期刊，是一种历史性的"罪过"。社里平静地对待着这两种反映，什么事都是要先做起来，做好。让读者通过阅读来调整自己的视角与看法。至于音乐作品的园地问题，正是考虑到这一点，才专设了"解放军歌曲"这一栏目，而且不光是为了保留园地，使发表音乐作品的历史有一种连续，还为了蓄积力量，若有时机，好再度举旗出击。

1995 年 1 月，《军营文化天地》正式出版发行，一个有着四十多年历史的刊物改刊后，以一种全新的面容展现在全军读者面前。而后，一期复一期，一年复一年，只一瞬间的工夫，便过去了十年。其间，刘林同志因工作需要离开编辑部一段时间，由冯抗胜同志担任编辑部领导，其他同志也是进进出出，先后有十多位同志在《军营文化天地》工作过，解放军南京政治学院、解放军艺术学院几乎每年都委派毕业班学员来编辑部实习，编辑部领导也换了四任，分管社领导也几次易人。众人拾柴，风高火旺，十度寒暑，十度雨雪，《军营文化天地》已经成为广大干部战士名副其实的知心朋友。这些年，我每到基层部队，听到最多的便是对《军营文化天地》的好评。有同志去青藏高原，从兵站带回一本战士们看过的"天地"，因为多人反复翻阅，沾满油渍的页面边角都磨起了毛。这本刊物带回编辑部后，大家一闻，有的说是汽油味儿，主人一定是汽车兵。有的说是羊皮大衣的膻味儿，主人一定是将刊物揣在怀里带上了冰峰哨所。不管怎样，被战士们反复阅读过是无异的，这是对编辑劳动的最高奖赏。这本刊物，至今仍存放在编辑部的档案中。

办刊是一种合成作战，必须凝聚众人智慧，掬其甘露，采其琼浆。《军营文化天地》的编辑们便是这样的一支队伍，他们不仅时时注意整合自己的力量，还十分注意听取读者和专家的意见，不断改进自己的工作。刊物的一些栏目在听取读者意见后，办得越来越贴近部队生活。"军旅之星""文化广角""热点冰点""曾在军旅""艺文轶话""晚会佳作"等重点栏目，也从刚开始时"狭义"的军营文化概念，发展为今天的军事文化概念，给自己开辟了更为广阔的办刊视野，这样的刊物自然会受读者欢迎。

说了上面这些过程性的话题，似乎该换换口味儿了。1999 年，部队基层的报刊订阅方式，一改过去的硬性规定，把部分报刊的选择权放给了订户。新年度邮局订数报来前，我对刘林同志说，若与上年度订数持平，我请你们编辑部喝茅台。不几日，发行部送来邮局的订数通知，发行量非但没有下落而且上扬，刘林要我兑现允诺。那日，我拿了自己珍藏的两瓶茅台，反复强调日子已久，以证实其不假。一转身的当儿，编辑部的年轻人开了一瓶让我看，说挥发得只剩半瓶，不能作数。我虽有些疑惑，见大家兴致盎然，又着人把还存着的一瓶取来。餐后，他们说，并非半瓶，是趁我转身倒在杯中了。我笑，大家也笑，有什么能比有一支既有战斗力又生动活泼的队伍更使人高兴呢！

办刊是一件没有终极目标和衡定标准的事情，因而是件苦差事。

办刊的人除了奉献智慧、经验，还得有强烈的责任感与使命感。

办刊是一种永无休止的精神和理想的接力。

和任何事情一样，年年岁岁，桃花依然，人面不再，启后承前。而后人总是在前人筑就的台阶上开始攀登的，只有登高，没有绝顶。

天高地阔，在这样一种阔大的空间行进，会有一种自豪感。自豪是一种信心，而信心是一面旗帜，在我们的前面高扬。

2005 年 8 月

辑三　仰望星空

# 一片红冰冷铁衣

徐渭在大明军队凫山抗倭胜利后，曾写下组诗《凫山凯歌》。组诗第二首这样写道：

> 短剑随枪暮合围，
>
> 寒风吹血着人飞。
>
> 朝来道上看归骑，
>
> 一片红冰冷铁衣。

徐渭不愧是个画家，连诗句也涂满了炫目的色彩，只"寒风吹血""一片红冰"八个字，便把一场残酷的战争幻化成冷艳浓烈的画作。

凫山一战在嘉靖三十四年即公元 1555 年，那年，徐渭二十四岁。

历史上，文人多命运乖蹇，比如朱耷，这位有画圣之称的大明皇族后裔，明亡后，坚决不与清廷合作，削发为僧，以明朝遗民自居，其遭际也就可想而知了。还有李煜，南唐降宋，李煜被俘至汴京，宋太祖赵匡胤欣赏他的词才，封其为右千牛卫上将军、违命侯，这"违命侯"虽有些轻蔑的意味，但赵匡胤也真把这"一代词冕"以"侯"的待遇供奉起来。李煜倒也能沉下心，不管窗外风云疾缓、日月明暗，照例写他的词。只是这种日子没过多久，宋太宗赵光义继位了，赵光义可没有赵匡胤的容人之量、惜才之心，很快便遣人送来毒酒，李煜只有饮下而别无选择，一代词冕就这样魂丧汴京。

对于徐渭，史上褒贬不一，他的人生命运也凄惨之极。徐渭在浙闽总督胡宗宪府中当幕僚时，曾因撰写《献白鹿表》深为嘉靖皇帝赏识，满以为可以借此一展抱负，恰这时严嵩被参倒，胡宗宪列为严党，革职逮问，病死狱中，徐渭被逐出胡府，贬为一介市井布衣。后来，徐渭精神失常，九次自杀虽然都是未遂，但每一次自杀的方式都令人悚然。他曾用斧头击破头颅，"血流被面，头骨皆折，揉之有声"；他还"以利锥锥其两耳，深入寸许"，"竟不得死"。失去了理智的徐渭，眼中的世界已经改变了颜色，他怀疑其继室张氏不贞，一怒之下杀死了张氏，自己当然也难脱法网。徐渭入狱后，其担任翰林修撰的好友张元忭四处央人，才将其营救出来，这时的徐渭，已经五十三岁。穷困潦倒的他，在"忍饥月下独徘徊"的境遇中了却了余生，死时，床上竟连一领芦席也没有，陪伴他的，只有那只与其朝夕相处的老狗。

还是回到"一片红冰冷铁衣"上来。

徐渭对战争是有真切感受的，于是，他写出了"一片红冰冷铁衣"这足可流传千古的诗句。如今的人不然，如今的人认识战争，多是从教科书上和博物馆里，包括从"一片红冰冷铁衣"这样的诗句中。对于冷兵器时期征讨杀戮的感受，现在已经让近乎魔幻的武侠小说和低劣的影视作品把视觉和胃口都弄坏了，自然难以感受到徐渭笔下冷艳惨烈的战争氛围。

那日读过徐渭的《龛山凯歌》后，我呆呆地坐了许久，一时间，耳边尽是弦断箭折声、弹片呼啸声、炮火轰鸣声……楼下原本被秋色染成金黄的银杏叶，刹那间竟变成一树血红。我在心里说，战争的确是有颜色的，徐渭的"红冰"冷的岂止是铁衣，当鲜血迸溅于铁衣之上，便牢牢凝固在经历者的心壁上，再也不会融化。

著名诗人雷抒雁在世时，我曾在他的家里看到过一枚呈菱形的箭头，上面长满绿色的锈斑。抒雁说，这箭头是山西长治一位朋友送给他的，很可能是赵国或秦国的，因为那里曾是长平之战的古战场。

又一日，走进一个朋友的书房，见书柜里竟陈放着一个发乌的头骨，更让人吃惊的是，那头骨额骨处有一个如核桃般大小刺刺剌剌不规则的窟窿。朋友说，这窟窿应该是中箭所致。我说，也可能是弹片。朋友摇头，说，也找人鉴定过，这骷髅迄今有一千多年了，冷兵器时期，只能是中箭。

看过这两件冷兵器时期战场上留下的物件，再读《龛山凯歌》，我的心情有了变化，"一片红冰冷铁衣"所传导的冷艳渐少，而惨烈却越来越强烈地涌荡在心头。

战争这个词，《史记》《吕氏春秋》等古籍都有阐释。据不完全统计，在有记载的 5560 年的人类历史上，共发生过大小战争 14531 次，平均每年 2.6 次。从公元 1740 年到公元 1974 年的 234 年间，共

117

发生过各种冲突 366 次，平均每年 1.6 次。第二次世界大战后迄今，包括现在仍在进行着的战争，早就过了 100 次。这些战争使 30 多亿人丧生，损失的财富如果折合成黄金，可以铺成一条厚 10 米、宽 150 公里、环绕地球一周的金带。

苏联学者曾统计，从公元前 1496 年到公元 1861 年这 3357 年间，人类有 3130 年在打仗，只有 227 年是和平的。匈牙利一位教授统计，第二次世界大战后的 37 年里，在世界范围内，无任何战争的日子只有 26 天。我国历史上的战争之频繁更是难以计数，见诸史籍，略微有点规模的战争，从夏商周至明，占到世界历史上战争总数的 1/3 左右。

回到抒雁那枚箭头上来。长平之战是先秦时期规模最大的一次战役，赵国兵败，赵括战死，秦将白起坑杀赵国四十万人马……想想看，四十万人马被坑杀是一种什么样的情景？他们是在哭？在喊？抑或一声不吭默默地任那腥咸的泥土窒息自己的生命？后人评价长平之战，说它催生了中国历史上第一个封建集权的秦帝国。但谁也不能否认，长平之战也是中国历史上最为惨烈、最为扑朔迷离的战役，它留下的层层迷雾，至今仍弥漫在厚厚的史册中。

还有蒙古国与南宋的崖山之战，双方投入兵力达五十余万，动用战船二千余艘，持续二十多天，最终的结果是宋军全军覆没。与文天祥、张世杰并称"宋末三杰"的左丞相陆秀夫无法挽狂澜于既倒，背着少帝赵昺，纵身跃入茫茫大海。是役，海上浮尸十万之多。

元执掌中原后，为强化占领，继续大肆屠杀，以达到控制与威吓的目的，中国北方登记人口由南宋时期的四千五百余万，锐减至七百余万，这个数字一直延续到元末明初。

如山如海一样的厚重史册，哪一页没有战争的血腥！

1999 年 5 月，我在纽约联合国大厦庭院里的那两尊名为"铸剑为犁"和"善必胜邪"的雕像前，分别站立了好一刻。

"铸剑为犁"是苏联雕塑家叶夫根尼·武切季奇在 1952 年为纪念第一次世界和平大会的召开创作的青铜雕塑，造型是一名青年一手拿着锤子，另一只手将一柄剑用力弯曲，准备将剑改铸为犁。1959 年，苏联政府将其赠送给联合国。"善必胜邪"是 1990 年竖立的，造型是一名斗士身跨战马，用手中的长矛刺死了一条恶龙。恶龙躯体是苏联的 SS－20 导弹和美国的潘兴－2 式导弹。

就在那一年，联合国公布了一组数字：今天，扩散在全球的轻型或小型武器多达五亿余件，具有巨大杀伤力的各类重武器和装备达数十万件，核弹头达一万多枚。这都是随时可能在人们头上的"达摩克利斯之剑"！铸剑为犁，仍然只是人类追逐的一个梦想。

近日，报端发表了韩国政府归还我国四百三十七具中国人民志愿军战死者遗骸的消息，中央电视台播发了韩国仁川机场和我国沈阳仙桃机场分别举行的移交和迎接仪式，在异国他乡待了六十余年的英灵遗骨，终于回到祖国的土地上。播放这条新闻时，我和老伴端坐着，屏着气，一声不吭地看着，直到播放另一条新闻。老伴的父母都是从朝鲜战争的血与火中走过来的，他们都已去世多年，若他们在，看这条新闻，一定也会像那些专程到韩国迎接战友英灵的志愿军老战士一样涕泗长流。

我刚入伍那会儿，团里的领导都参加过朝鲜战争。20 世纪 60 年代，部队基层每个月都要进行各种各样的教育，这些教育，给了那些善言的领导讲述自己经历的各种机会。只是，那时候的领导，多不善言，没有哪个主动给我们讲述他们的经历。

有一次，副团长到我们连队检查训练，休息时，连长说，副团长可是战斗英雄，大家鼓掌让他给我们讲讲。于是，副团长讲起了他的朝鲜战争。他说，五次战役后，双方进入阵地对峙阶段，战线一固定，美军的炮火打击和飞机轰炸更加疯狂，有时，一个高地一天就会落下数万发炮弹。

副团长说，阵地对峙，据守的是坑道，我们的坑道在另一面山坡上，部队按照部署撤离阵地向山后坑道转移。副团长那会儿当排长，带着几个人负责掩护，在大家都撤走之后，他环视了一下阵地，正准备离开，一支枪抵住了他的脊梁。他知道，这是刚上来的美国兵，没有犹豫，他将双手举了起来。那美国兵没有向他开枪，而是转到他前面，鸣里哇啦地说些什么，当然，无论说什么他都听不懂。见他没反应，那美国兵一手用枪继续顶着他的胸口，另一只手逐一拍打他的衣服口袋。副团长明白了，他是想看看身上有什么值钱的东西。终于，那美国兵有了发现，他把副团长装在上衣口袋里的一块怀表掏了出来。这块怀表是部队入朝时发的，已经被爆炸声震得不走了，美国兵摇了摇表，见表针不动，便把枪背带一顺，挎到肩上，腾出手来给怀表上弦。副团长说，龟孙子，活到头了，他猛地一跃，用双手死死掐住美国兵的脖子，只十几秒，那美国兵身子一秃噜，再也不动了。

副团长说，他担心被敌人跟踪，掐死美国兵后没有立即离开，附身一侧，直到天黑，才撤进后山的坑道。

副团长讲这些时，我们都听愣了，张着嘴，什么也想不起来问。

不久，团政委也来到我们连，政委是抗战初期参加八路军的老兵，朝鲜战争中，他是一个营的教导员。这次，我们主动要求他讲讲朝鲜战争。和副团长一样，他没有讲出兵情景，也没有讲交战过程，却讲了一次出击前的潜伏。政委说，朝鲜的天冷啊，零下三四十度，趴了一夜，黎明时分，出击号令下达了，人却站不起来——腿都冻坏了，一使劲，骨头就折了。

政委的部队属第9兵团，他讲的是第二次战役中第9兵团企图围歼美国海军陆战队第1师的事。陆战1师杀出重围从海上撤离，不仅没丢弃重装备，还带走了所有伤兵和阵亡将士的尸体。而我们，由于对战场环境了解不足，此役，第9兵团冻死、冻伤数万人。

政委一边讲，一边把鞋和袜子脱了下来，我们看到，政委左脚缺了三个脚指头。"在朝鲜冻掉的"，政委说得很轻松，而我们却吃惊地"噢"了一声。政委连说，没关系的，不影响走路。自此，我们知道了政委的鞋子有一只前面空着半截。政委的三个脚指头留在了朝鲜的那片冻土上。

政委和副团长没有讲述他们各自的英勇，他们讲述的都是他们最痛切的记忆——战争留给他们的坚硬、冰冷、沉重的记忆。

记得三十年前南方某边境的一场拔点战斗刚打完，在主阵地一侧的战壕里，我问一个用枪刺捅死对手的士兵（这是这次战斗唯一近身搏击的战例，其战后被授予战斗英雄称号），刺刀捅进去的那一瞬是怎么想的？什么感觉？

他回答说，刚照面时，多少有点怵，但顾不上多想，我不捅死他，他就会捅死我。感觉嘛，枪刺一捅进去，憋着的一口气，一下子松了下来。

他说完这段话时我便在想，枪刺拔出时，对手的胸口一定会涌

**121**

出鲜血的，那鲜血绝不是一些文学作品描绘的那样，像一朵花。那样的描绘，是没有战争体验的作家想象出来的，有过战争体验的人，不会这样写。比如徐渭，徐渭在鲜血之上"覆盖"的是一个"冷"字，冷酷、冷艳、冷傲、冷峻、冷峭……所有的"冷"字，连缀的都是"惨烈"。"暴力和残酷性"的土壤，是生长不出鲜花来的。

与我们交战的一方，已经远远溃逃，抛在主峰阵地上的尸体，被我们的战士掩埋在一侧的一个斜坡下面，这样省事，将尸体抬至坡下，用一包炸药将斜坡炸开，泥土就覆盖其上了。岂料，南方阴雨连绵，不几天，尸体就腐烂了，因为覆盖的土层太薄，熏人的气味弥散开来，久久不散。不得已，只好在上面再加盖上厚厚的土。

今年是那场拔点战斗胜利三十周年，在京的参加过那场战斗的战友相聚，问及边境的情况，说主峰上修建了一座纪念碑亭。又问，树木长起来了吗？当年那可是一片原始雨林。答曰，树也长起来了，那些曾被炸烂的裸露地带重新被灌木覆盖。我长吁了一口气，在我看来，那参天的树木、厚厚的植被比一些纪念性的建筑更为重要，在我们生长的这片土地上，哪里没有战争的记录？我曾写过一首题为《战争漫想》的短诗，诗中写道："战争与和平如日出日落/犁铧耕耘/厚土掩埋弹片/良田泼血/阡陌变成冲击的道路/一些人刚刚解甲归田/一些人又因为战争被驱使和招募/界碑/纪念碑/一切一切的碑们/有时不过像赌徒手中的骰子/在偌大的地球上随意抛掷/给一些人带来永远的骄傲/也给一些人带来永远的痛苦……"历史就在这样的循环往复中走过一个千年、又一个千年。时间可以摧毁一切，唯一抹不去的是心灵中的印迹，如徐渭的"一片红冰冷铁衣"。

如今，我们已经跨入 21 世纪十多个年头，大国与小国之间、强国与弱国之间、先进与落后国家之间的冲突，依然连连不断，每打开电视机，国际新闻总能看到哪里又有军队在开进，哪里又死伤多少人的报道，更有一些总也铲除不尽的恐怖组织，让善良的人们总也放不下心来。真的希望战争就在我们这一代人身上打住，让徐渭这冷艳浓烈的诗句成为绝唱，有人能做出回答吗？

没有人能做出回答。

因为没有人做出回答，这战争或许还得继续下去，不同的只是硝烟腾起在哪片云彩下面而已。

2014 年 4 月

# 我和我用过的三支步枪

我想为自己使用过的三支步枪写一篇文字。

所以萌生这个念头，是因为看了在军事博物馆举办的我国制造的枪械展和在巴黎举办的世界枪械展的图片。枪的射击原理没有变，但枪的样式、材料，却变得让我们这些 20 世纪五六十年代入伍的兵们完全不熟悉了。也就是说，我曾经使用过的那三支步枪都已经成为历史，因此，该给它们留下一些记忆才好。

枪是什么？枪是战士的第二生命。我入伍那会儿，班长、排长、连长、指导员都这么说。佩枪的方法和现在也有很大不同，不像现在，站岗的士兵要么什么也不带，要么就带着个空枪套，摆个样子。那时，讲的是枪不离身，讲的是枕戈待旦。训练不用说了，课前饭后，也要以班为单位进行小群练兵，一有空余时间，就瞄上三五枪，刺上三五枪。营区里的树干、墙根，到处都画着靶子，有点空地，就竖个练刺杀用的草人，抽出枪来，就刺上几枪。晚上熄灯了，枪就靠在枕头边上，而且还要压上子弹，一有情况，掂起来就走。现在，连队的枪械都是统一置放在武器间的，除了枪械员还得有另一位保管人，两个人用两把钥匙，才能打开武器间取出来。20世纪90年代中期，我曾去某特种兵大队，这支部队刚从海南训练回来进行修整。大队长问我想看点什么，我说想看看他们装备的90式枪械，大队长一口应允。然而，在一个连队的武器间外等了半个多小时，就是开不了门，因为是周三，另一个拿着钥匙的人外出了，枪械员的一把钥匙开不了锁。

现在说起来已是五十年前的事了。20世纪60年代初一个冬日的夜晚，我们在闷罐子车里咣当了一天一夜后，到了驻地——苏北沿海的一个渔镇。编入新兵连走了半个月的队列后，就开始进行射击训练，每个新兵配发了一支很老很老的而且每个人都不一样的老枪。发给我的是一支汉阳造，木质仓托上漆都掉了，枪身上也净是锈斑。训练时，我们就用这些老枪瞄前方一百米处的胸环靶。

那会儿，我们不知道老兵们使的是什么武器，从新兵连分到老连队后，才知道老兵们使的是苏式步骑枪。也不知道发给我们的枪是从枪械库拉来，专门用来训练新兵的。拿到手的那一刻，我们还问班长，这么老的枪，能打仗吗？

每天训练回来，第一件事就是擦枪。三个月的新兵训练，原来附着在弹仓和枪管、枪身上的锈斑，硬是被我们擦掉了。

一天，团长来了。他是个老八路，一进屋，看到枪架上的汉阳造，拿起来掂了掂，说，我就用这种枪撂倒好几个小鬼子。团长接着说，汉阳造老是老，但并不简单，从20世纪末湖北枪炮厂生产出这一款步枪，一直到抗战后期改造为中正式步枪，在中国前后生产了近五十年。民国初年的那些战斗，汉阳造可是出了大风头的，打

**125**

响武昌起义第一枪的新军第八镇，用的就是这种汉阳造。这种步枪还经历了抗日战争、解放战争，有的甚至远征朝鲜，跟美国佬对过阵。听团长这么一说，我们的眼睛都亮了，此后每次擦枪我都会想，当年在战场上，我的这支枪有过一番怎样的经历呢？

我至今仍认为枪与人之间是有灵性和默契的，用了几天，就感到它成了自己身上的某一部分，枪架上一溜放着几十支枪，取枪时并不需要去数第几第几，走近前，拿起来就是，绝对不会错的。就像一个母亲，几十个婴儿在哭，她立即能辨识出哪个是自己孩子的哭声一样。最得意时是训练回营的路上，枪挎在肩上，迈着整齐的步伐，唱着那支今天仍然能听到的《打靶归来》，引得渔镇的孩子跟着我们疯跑，那股子自豪劲儿，从心里往外冒。

新兵连训练结束时，这些老枪都交了上去。

六年后也即1969年秋天，在我们奉命清点武装收缴当地造反派的武器时，我又看见了汉阳造。我抽出来一支在手里掂了又掂，一个新兵说，这破枪！我说，不是破枪，是老枪，我在新兵连训练时使的就是这种枪。记得那支枪的外观还不错，比我使的那支要好许多，有些零件显然是后配的。要是还像我使的那支，武斗中会和根棍子差不多。

那些枪是造反派从军械库抢的，最后又回到了军械库。

许多年后，我曾和几位年轻同志谈起过汉阳造。他们问我，你记得那支枪的枪号吗？我摇摇头。那支枪的枪身上有没有编号，我没有记忆，即便有，我也没有想过要记住它，包括后来使用过的枪，都没有记住枪号。现在，查询资料这么便捷，要是记住了，或许会发现那些枪们更动人的故事。

我使用的第二支枪便是苏式步骑枪了，它的前任主人是一个山东沂水籍的老兵，老兵退伍了，这支枪便交到了我的手上。

我们连是守备连，按步兵连装备。一个班十二个人，班长、副班长使用的是冲锋枪，一个机枪手使用轻机枪，其他的人都是步骑枪。

这种枪的规范称谓叫 53 式步骑枪，所以定名为 53 式，是因为它产于 1953 年。那时，我们冈苏联正是"蜜月"期，从苏联引进整套 M1944 莫辛纳甘卡宾枪的兰产线，开始制造我们称之为步骑枪的军用制式步枪。这当然不是老大哥的施舍，第二次世界大战结束后，苏军的 SKS 半自动步枪逐渐列装，老大哥便把他们淘汰的这种步枪生产线"援助"了我们。

53 式步骑枪的刺刀叫枪刺，因为它不是刀，是一种三棱带槽的枪锥。折下来，枪刺就紧贴着枪管，打开后向上一提，就牢牢地套在枪口上。这种枪的枪身长，个子矮一点的兵，打开枪刺，刺尖会冒出人的头顶。子弹是装在弹夹上的，一个弹夹装五发。因为枪的弹仓只能容下四发，要是把五发全压进去，最后一发就得上膛，枪没有保险栓，一碰扳机就响。所以，除了实弹射击，通常就压四发子弹，剩下一发子弹的弹夹仍然放在子弹袋里。

我和步骑枪的故事，就因为这个剩有一发子弹的弹夹。

应该是春雨，淅淅沥沥地从白天一直下到天黑，夜里十一点，我和班长值巡逻哨，雨还在滴滴答答地下。班长用的是冲锋枪，枪托一折，挂在胸前，披上雨衣就行了。我用的步骑枪就不行了，因为枪身长，需要把枪倒过来，枪托在上地背在肩上。要是枪口向上，雨衣就被枪管挑成了一块篷布。前沿的海岸是泥滩，而且是那种又黏又滑的泥滩，一步一侧歪，不到十里的巡逻路，硬是走了近两个小时。如此，一往一返，回到连队，已经是凌晨三点了，当我解下子弹袋时，傻眼了——那个还有一粒子弹的弹夹没有了。

班长问，怎么了？

我说，弹夹掉了。班长没说话，阴沉着脸，只顾着擦他自己的枪。见状，我扭头又走进风雨中。

仍然和去时一样，一步一滑地走着。现在想起来，我的头脑还算清醒，因为我一直在想，那个弹夹会掉在哪里？忽然，我想了起来，在跨一道沟时，曾打过一个趔趄，用手扶了一下地才没有摔倒，要掉，就掉在那里，因为在别的地方，我连腰都没弯过，弹夹不会从弹袋里出溜出去。

很快，便到了那道沟前，雨已经停了，但天还朦朦胧胧，什么也看不清。

起风了，天很凉，我把里外全湿的雨衣紧紧地裹在身上，傻傻地站着。天色渐渐亮了起来，果然，就在离我几步远的地方，那个弹夹连同子弹静静地躺在沟边上。

捡起弹夹和子弹，擦去泥水，装进子弹袋里，牢牢地系住兜口的布带儿。做完这一切后，我转过身，发现班长就站在离我二十多米远的海堤上。没等我说话，他开口了，找到了？我点点头。班长没有再说什么，转过身，大步大步地往回走。

我跟在班长后面，不敢说话，也不想说话。我不知道他是什么时候来的，是我出门便也出了门？还是后来赶上来的？直到班长退伍，我始终没有问过，他也没有告诉我。

我知道，班长肯定要和我谈一次话的。星期天晚上，我们去离驻地五六里地的一个叫宿城的地方看电影《董存瑞》，里面有段镜头，是董存瑞的子弹打光了，再翻子弹袋，都是些装样子的秫秸秆。回来的路上，班长和我说，现在有子弹了，可是每一发子弹都来得不容易，战场上，少一粒子弹，就少杀一个敌人，要是没了子弹，被打死的就不是敌人而是你。我连着点头。班长又说，好了，这件事过去了。

这年年底，班长退伍了，我买了两包东海牌的香烟去老兵连看他。他说，你买烟干什么，我一天也抽不了一支的。

老兵离队的那天，天气极好，送走班长，我独自沿着那次巡逻的路又走了一趟。在丢失子弹的地方，我站了好半天。转过身，班长就站在那里。再一看，又没有了。我知道这是幻觉，我希望那幻觉能存留的时间长一些，再长一些。返回的路上，我的眼睛一个劲儿地发湿，后来，竟止不住地流下泪来。走进宿舍，大家正在擦枪，我没有先擦枪，而是把子弹从弹夹上卸下来，一发一发地擦。那子弹壳是黄铜的，弹头是铅的，也镀了一层铜，锃亮，举起来迎着太阳看，有些晃眼。那会儿到沪水不通火车，是团里用拉炮的卡车送老兵们回去的，这会儿差不多亥到家了。

两年后，我们部队换装了，清一色的 56 式半自动步枪。这种枪也是苏联 SKS 半自动卡宾枪的仿制品。53 式步骑枪移交给了民兵，有一部分援助了越南。北边的越南人把这些枪交给了南边的游击队使用。据说，美军士兵从游击队手里，缴获了一些步骑枪并带回了美国，如今流传在美国民间的 53 式步骑枪，就是通过这种途径到了大洋彼岸的。

因为部队武器全面换装，团里举行了隆重的授枪仪式。我们按编制排着队，到主席台前，接过团领导递到我们手中的崭新的半自动步枪。因为刚从武器箱里取出来，枪身上还满是黄油，我们全顾不上了，接过枪，一拉枪背带，"唰"地将枪向后一甩，背在肩上，走回队列中，这个动作叫"肩枪"。

连长把我们从团里的大操场上带回连队，第一件事当然是擦枪。文书早把崭新的擦枪布准备好了，一人一块。从师里培训回来的枪械员，先是教全连拆卸的要领和擦枪的注意事项。然后，我们开始小心翼翼地擦拭。枪身上面的黄油擦去后，露出了一层瓦亮的烤蓝。枪托是木头的，有一层黄中透红的油漆，用手抚摸枪托，那感觉，要多美好有多美好。最妙的是刺刀了，那刀只有尺许，像一把匕首一样，刀身上镀着一层银灰色的铬，两面各有一道血槽，嵌在枪身下面的木托沟槽里，打开后向上一提，"咔"的一声，便牢牢地套在枪管上。枪托底部，有一个可以滑动的小圆片，一推，便露出一个深十几厘米的小洞，里面有一个装有一套擦枪用的小物件的铁质小圆筒，其中有一个小刷子，拧在通条上，就可以伸进枪膛里了。

因为枪太新了，集合列队，我们舍不得让枪托接触地面，连长喊"立正"，没有谁示范，大家清一色地将枪托放在自己的脚面上。连长一看，又喜又气，大声说道，爱枪是对的，立正时可以放在脚面上，训练怎么办？打仗怎么办？大家相互看看，才将枪托轻轻放在地上。

用半自动步枪打过几个实弹练习后，开始进行夜间射击训练。一百五十米半身靶插在海滩上，靶中心挂着一个手电筒灯泡，接在靶子下面掩体里的干电池上，接通电源后，灯泡一闪一闪，我们就瞄那个灯泡。当然，这种训练方法十分原始，不像现在，瞄准镜、夜视仪都装备到单兵了。

实弹射击是天色完全黑下来后，射击场两边的瞭望哨报告场地情况正常。连长遂下达了开始射击的命令。我编在第三组，在靶台上趴下后，深深吸了一口气，将枪托紧紧地顶住肩胛，右腮轻贴枪托，左眼眯上的时候，右手的食指也扣动了扳机。十粒子弹连珠炮一样射了出去。我验了一下枪，起立后退几步，向连长报告"射击完毕"，然后站在那里等候结果。夜间射击不计环数只计中靶不中靶，全组射击完毕后，从我对面靶子下方的掩体里，传来报靶员的声音："十发全中！"随后是连长的声音："你回去换值班的同志。"

那天晚间连队实弹射击的结果并不理想，脱靶的不少。总成绩刚刚及格。十发全中的就我一个。连长叫我谈体会。我说，我觉得夜间射击比白天容易，白天瞄准，只能看着靶子中心的位置，估摸着找靶心，夜间射击，灯泡太显眼了，瞄上了就没跑。

20 世纪 80 年代中期，我在北京南口参加一个作品研讨会，会议安排了一次射击体验。一进射击场，大家都表现得十分兴奋。枪是我熟悉得不能再熟悉的半自动步枪。一进入射击位置，唰的一声，将十发子弹压进弹仓，一抽弹夹，枪栓"咔嗒"一声，一粒子弹便上了膛。看我的动作比较熟练，射击场几个陪同我们的同志都走过来站在我的身后。我朝他们点了点头，伏下身操枪、瞄准，想也没想，便扣动了扳机，十声枪响后，我站起身来。一位同志问我，打过多少子弹？我说，不多，几千发吧。他转身向其他人说，没五千发喂不出这样的射手。我笑笑，说，在基层待的时间长，训练任务重，打的子弹也多。他说，怪不得。

还是回到我的那支半自动步枪上。两年后，我当了班长，那支半自动步枪交给了一个新兵使用。这时，驻地闹武斗。两个派别的造反派由棍棒升级到枪械，武斗骤然白热化起来。

我们属海防守备部队，没有直接支左任务。被掌权的造反派打成"老保"的另一派群众因为没有武器，按现在的说法，便成了弱势群体。他们显然不甘受压，开始琢磨获得武器。一日中午，我正午睡，突然，外面响起乱七八糟的脚步声和吵闹声。一个新兵掂着枪跑进来，说，班长，造反派来抢枪了。我接过他手中的枪，一撩被子放在靠墙的一侧，刚躺下来，群众便闯进宿舍，枪架上的武器连同我使用的那支自动枪，统统被拿走。一个汉子走到我的床边，问，你的枪呢？他的口吻并不凶狠，像在家里问什么事一样。我把被子撩开一半，露出身子。他看了一眼，便跟着同伙出去了。

事后，同志们说，造反派闯进营区，见背着枪的战士，几个人对付一个，一围，别住胳膊就摘枪，谁好意思与群众厮打，拿走就拿走吧。放在我身边的这支半自动便成了那天连队唯一没有被抢走，或者说没有被拿走的武器。

造反派离开我们连，又去了炮连，还开着车，因为他们要拉炮，炮连和他们发生了冲突，但结果是四门火炮都被拉走了。那天傍晚时分，师里的弹药库也被抢了。驻地两派群众组织间的武斗骤然升级，直到一年后，我们奉命武装收缴造反派手中的武器。

两派联合成立新的政权后，我调到了团机关。又几年过去，我离开了基层，到了出版社，手中的枪换成了笔。

我最后一次摸枪是20世纪90年代末在新疆某实验基地。部队让我们这些远离基层的军人过了一次枪瘾。那天，其他同志半自动、自动、手枪换着打。我却抱着一支半自动连打了三十发子弹。是想借此过足枪瘾，还是对自己曾经使用过的那支半自动的怀念，说不清楚。

如今，每看到枪，心中便有些发热的感觉，毕竟在自己的军旅生涯中，那些枪曾伴随自己走过一段不短的路程。

枪离我们已经很远很远，战争离我们也已经很远很远。但真的是这样吗？1959年，苏联政府赠送给联合国一尊题为"铸剑为犁"的雕塑。那尊雕塑在联合国总部草坪上已经矗立五十多年了，但是这个世界上的武器非但没有铸成犁铧，反而越来越多、越来越先进，威力也越来越大，拥有的想独占，没有的想拥有，喧闹声、争吵声、枪炮声、哭喊声……没有一刻停止过，更遑论止息。

这一夜，我做了一个梦，梦里，我又有了一支枪，只是那枪锈得厉害。我像当年擦那支汉阳造一样，擦了又擦，但总也擦不掉枪身上的锈斑。班长站在我身边，一个劲儿地喊，使劲擦！使劲擦！

2014 年 8 月

# 塞外听鼓

鼓声是在落日刚贴上山脊时响起来的。刹那间那团橘红色的火团仿佛停在垭口上不再往下滑落了，直到鼓曲临近尾声时才依依不舍地隐于山后。

天黑了下来，鼓声依然热烈，曲目也换了，是《大破天门阵》。铿铿锵锵的鼓声、锣声、镲声、水钹声、梆子声，把一千年前的那场惨烈的战争表现得淋漓尽致。鼓曲结束了，我却没有从鼓曲所表达的意境里走出来。隐隐地，远处有人在喊山西梆子，那唱腔高亢无比，听不清词，但传导的情绪与方才的演奏极其和谐。满脸汗水的战士开始收拾场地和家什，我走到近前，轻轻抚摸在湿漉漉的夜色中微微有些发湿的鼓面，手指下竟涌流着一片沙沙的响声，于这沙沙的响声中，羌笛，胡笳，嘈杂的马蹄声、呐喊声……又一次将历史的帷幕撩开，我知道，今夜，怕是无法入眠了。

这是春末在大同郊外的某部营区。大同是塞外重镇，地处山西，北魏初期曾在此建都，其间创造的文化与经济的繁荣特别是宗教文化的繁荣，在中国历史上占居了重要一页，其辉煌程度，在云冈石窟，尽可得到无穷的想象。那天下午，我曾在云冈细细观看每一个洞窟，感喟一千六百多年前近乎鬼斧神工的造像艺术之精妙。只是那石窟中千姿百态的造像很快便淡去了，现在，不，自打这鼓乐声在夜幕中响起，满脑子是厮杀得天昏地暗的千军万马，是终陷杨继业于绝境的陈家谷口。那杨继业原是北汉刘崇手下的一位能征善战的节度使，随刘崇归宋后于雁门关大破契丹守军。公元936年，宋军北进，杨继业率西路军连收云、应、寰、朔四州。岂料东路军在河北战败，杨继业奉命护送四州百姓撤退，途遇契丹大军。主帅潘仁美令其出战，杨继业明知不敌仍奋力搏杀，重伤被俘，绝食而死。后人据此演义出一部传诵至今的《杨家将》来。只是编撰人在这部小说中，将杨继业改写成在金沙滩撞碑而成义。杨家满门忠烈，连烧火丫头都能上阵杀敌，那会老太君八十岁时还挂帅出征，让后人好不景仰。一千多年过去，那战场如今是个什么样子？十多年前，我曾驱车路过附近，也是夜晚，同车人道，金沙滩距此只有数里之遥。我想绕道看上一看，感受一下摇荡在古战场上的鹤唳风声，想拨开岁月的浮尘，看看可能寻见箭矢残羽、铁甲断片？犹豫之际，车已拐上另一条路，想着以后还有机会，也就罢了。十多年过去，金沙滩一念始终未能如愿，不料，却在这塞外听到这阕鼓曲。

人类什么时候有了鼓，无见过明确记载。而"鼓钟钦钦，鼓瑟鼓琴"在《诗经》上便已唱之。至于"鼓之击之"一类振气之语，《左氏春秋》上随处可见。最早，鼓以陶为框，后渐以木为框，兽皮蟒皮蒙之。在民间，铜鼓、木鼓、石鼓皆有，这几年，从老辈子人的墓穴中挖出来的还有陶鼓，好像就在看到这消息不久，我在潘家园那个名驰中外的古董市场，便见到了仿制品。这陶鼓只能是用来陈设和祭祀，若真的敲击，任何物件一触，也会碎作几片。即便如此，那鼓依然透着一股子精神气，尽管是件仿制品。

鼓，自古以来便与军旅生涯紧紧联系在一起。出征助阵，鼙鼓相随。战罢归营，鼓角高奏。当隆隆鼓声使大地震颤起来时，一腔血也便沸腾起来。而那赤子之心、报国之志，就在这一时刻化作拍天裂岸的惊涛，撕破浓雾阴云的闪电，生命的意义和价值升华到一种崭新的境地。我便目睹过大军出征万人相送的场面，那热烈的鼓声把一座小小的县城敲打成一团火，乡亲们大把大把地往队列中抛撒鲜花，队伍都走得看不见了，鼓声仍铿铿锵锵地敲打着，仿佛要一直等到战士们归来似的。

其实，不光是军人对鼓声情有独钟，寻常百姓也同样。"闻鼙鼓而思良将"，怕不能只是帝王之思吧？硝烟弥漫，马蹄踏过，鲜血浸过，谁不希望能征的将军率领善战的士兵！谁不希望有一面胜利的旗帜高高飘扬！对"一将功成万骨枯"这一诗句，人们附上了过多的阶级意识，"功成"是胜利，"骨枯"是代价。一个战败的民族，一百年也难挺直腰杆。1840 年，第一次鸦片战争爆发，列强的坚船利炮轰开了中国的口岸，从那个时候到 1949 年，整整一百零九年，中国人民用多少生命和鲜血，才换来了今天这面让所有炎黄子孙热泪盈眶的五星红旗啊！

让我惊奇不已的是这支鼓乐队表演的不是通常意义上的鼓乐，通常的鼓乐在偌大的中国，任何一地任何一群人掂起家伙都可以敲打一番。这支鼓乐队击打是一种演奏，而且是严格意义上的演奏。鼓、镲、锣、钹各有各的曲谱，有一指挥站在当央，像指挥一支交

136

响乐队一般。孰强孰弱，孰重孰轻，是由指挥的手势决定的。我最欣赏的是那支梆子，锣鼓渐弱，梆子声清脆响亮，雨点一样让人感受一种激烈与跳荡。就在梆子声激越得接近爆裂的时候，锣、鼓、镲、钹轰轰隆隆如雷声大作，把山摇地震般的战争气势表现得淋漓尽致。那天，战士们还演奏了几支民间鼓曲，有春播的期望，有秋收的喜悦，有农闲的散漫，有节日的嬉闹，几件普通的打击乐器竟然被战士们赋予如此丰富的表现力。鼓乐队的指挥是一位士官，开始时，和任何一支乐队的指挥无二，但是，到了鼓曲激烈处，他的整个肢体全动了起来，腾、跳、挪、闪，全然成了一位舞蹈演员。每一个演奏员的情绪都被他彻底地调动起来，天地间跳动着一群精灵，让你唏嘘感慨，天、地、人合一，非这支鼓乐队莫属。

我向部队领导询问，如何想起组建这样一支鼓乐队，不料却听到一个近似传奇的故事。

一位鹤颜皓首的老者，带着一身鼓乐绝技在雁北飘游，他到过工厂也到过矿山，到过企业也到过学校，他到过的单位都为老者的技艺所折服，都组织了鼓乐队交老者训练，但不久，老者就摇摇头离开了，给这些单位留下了不大不小的遗憾。最后，老者走进了军营。于是，有了这支鼓乐队，流传了数百年的民间鼓曲复活了。老者并不要什么报酬，他要的是能将他的一身技艺继承下来的人。如今，这支鼓乐队不仅名震塞北，而且时常被邀请参加一些盛典，节假日更是军营不可缺少的一项活动内容。老兵走了，新兵来了，鼓乐却在这支部队扎下了根。老人依然漂泊无定，但每隔一段时间，就会出现在军营里。这时，部队领导便把鼓手们集中起来，向老者汇报。战士的演奏若是能把他的激情点燃的话，老者还会束紧腰身，亲自指挥一番。

介绍完这些，部队领导说，有些巧合。

我说，不，这鼓乐天生就该和军旅生涯结伴。

写完这篇短文时，天已近傍晚，隐隐约约听见一阵时紧时密的鼓乐声从遥远的天边传来。按说，听见一阵鼓声实不足怪，但我总觉得是从塞外传来的，拿起电话，拨通了。果然，鼓乐队正在演奏，电话里清晰地传来雨点般高亢的梆子声。天人感应！天人感应！放下电话，我自言自语连说了两遍。

2001 年 7 月

# 老　营

　　苏北某地沿海有个面积仅零点几平方公里的小岛。岛上有两类截然不同的营房，一类是 20 士纪 30 年代侵华日军将中国的工人运上去建的，一类是 20 世纪 6C 年代初我们上岛建的。侵华日军的营房屋顶是铁皮的，呈拱形，有一米多高的石头墙基。最早建了几栋没人说得清楚，日军投降后，岛上便没有再驻军队，只是南来北往的渔民偶尔在上面歇歇脚。据说，日军营房建好后，将中国工人全赶下大海，小岛离海岸有一百三十多公里，烟波浩渺，风急浪高，没听说有谁游回了大陆。我们建房是"三年困难时期"刚过去，蒋介石在海峡的另一边叫嚣反攻大陆，我们被派驻岛上。日军的营房已经破旧得没法儿住了，只好建新的。开工时，倒没有就日本鬼子的罪行进行什么民族仇恨教育，从营房整体规划考虑，只在靠海边处留了一栋放杂物，其他都拆了。我们建的营房屋顶是红瓦，船行海上，老远，那红色便跳进眼帘。墙体是清一色的花岗岩，外墙并不找平面，就那么凸凹鼓陷地垒砌起来，反倒另成一种风景。

由于岛子太小，早上出操得转着圈儿跑，射击课目连五十米长的平地都没有，只能选海上的目标乱瞄上一通。如此条件，自然也就谈不上进行正规训练了，闲来，便在几栋营房间串来串去。连长是个极好动的人，大概是为了保持大家的一点新鲜感，时不时便调整大家的住房，先一个排一个排地调整，再一个班一个班地调整。反正连队事不多，搬来搬去，倒产生了一种乐趣。最绝妙的时刻是日出或日落时站在营房前看大海、看云霞。天，五彩斑斓；水，五彩斑斓。水光天色变幻出万般景状，连脚下灰黢黢的山石都显得丰富好看起来。最叫人惊悸时是台风季节，每次都可以看到没避开风头的渔船被海浪抛来抛去，有时，渔船竟被撕成碎片，眼看着渔民被海浪吞没，我们却无法营救。每遇这种情况，心疼得几乎滴血。台风退远，那些残樯断桅被潮水推到岛岸，炊事班便拖上来劈了当柴烧。一日，连长问炊事班长，烧这些船板时可听见什么？炊事班长懵懂地摇头。这时，有人围了上来，连长说，以后不许再捞船板。漂上来的咋办？有人问。漂上来把它推走。连长说。我们当真地推那靠了岸的船板，有的便顺潮漂走了，有的转来转去又漂了回来。没人捡了，浪打风吹的，渐渐便朽了，碎成一些圆润光滑的木块块。一年，慰问团上岛，演员们在海边捡石头和贝壳，有人捡了圆润的木块问哪里来的，我们便笑，谁也不告诉他们这是沉船的碎片。

　　那时候，敌情通报倒是经常传来，有一次，一小股蒋介石派来的匪特就从离岛仅数海里的水域驶至沿海的一条河口上了岸。匪特全部被捕获，参与围堵的部队受到国防部的通令嘉奖。这自然没有我们连的份儿，从我们眼皮底下滑过都没察觉，没处分便是便宜的了。这以后，再没有发生过真正的敌情，有爱逗乐的同志每早一见面便问口令，被问者便答曰：平安无事。日子就这般一天天过去，直到 1971 年后我离开海岛。

斗转星移，二十多年过去，部队几经整编精简，岛上的驻军全都撤回了大陆，近两万人的守备师，只剩下不足一个普通步兵团的员额。不仅岛上没有了部队，沿海一带的守备连也多撤走了。海岛再次成为渔民的天下。

再次上岛是两年前的事，转业在当地的战友说那儿养起了鲍鱼、海参，问我可有兴趣看看。上了岛，在当年的营房前，我一下子呆住了。日军的那栋铁皮房没有了。连队的房子大多已废弃，屋顶揭了，门窗没了，瓦砾散在坍塌的屋墙中间，只连部的两间还算完整，靠墙角砌了个灶，两个渔民正在煮螃蟹。我说我三十多年前在这里过。他两个忙从锅里提了个螃蟹递给我。我摇摇头，出了门，于几排废弃的营房前伫立着，天依然澄碧，海依然蔚蓝，腾绕于心头的却是沉沉的伤感。为战争准备的建筑，却被和平丢弃为废墟，我们在不经意间跨越着历史，被动或自觉地接受着历史的变迁。

回到大陆，我谢绝了部队其他安排，逐个地转起了部队撤销后废弃的营房。凰窝附近原来是 2 连的驻地，营房虽然闲置了，当地百姓并没有蚕食那块地方，仿佛商量好似的，一座座两层和三层的渔家小楼，把几栋破旧得望顶见天的营房围在当央。当年，这几栋营房是这儿最好的房子，每遇暴雨，屋不蔽雨的渔民便把床支在连队的走廊上。在夏口镇，闲置的营房几成废墟，百米之遥，平地耸起了一片偌大的经济开发区。据说，经济区初建，这营房曾被地方租借当作临时工棚。在涝头湾，营房被铲平成为海滨大道的一段，路旁鲜花缤纷绚烂，我竭力回忆，想起这绿化带，当年是一条二百米的障碍道。也有让人为之一惊的地方，苏马湾的营区是顺着山势建的，出了营房便是海滩。部队一撤，当地政府把营房租下来装修一番，办起了度假村。海滩金黄，水碧天蓝，绿树丛中山路蜿蜒，这曾经操枪弄炮的地方，一经修饰，竟变得如此诗意盎然。

当下意识地关注这些曾驻扎过军队的老营时，这本来与普通民居并无二致的建筑，给人的思考和启示，便远远超过了民居。比如，决定在某一处修建营房时，对周围的环境并不十分计较，恶劣也罢，优秀也罢，连同是否适于居住都不是必然考虑的因素。一切都出于国家利益的需要，握有重兵的决策人物只是从作战的考虑巡视一番，指一指脚下的土地，说，就在这儿吧。于是，这儿便矗起来一片营房。军人是一个特殊的群落，当建筑营房的决心付诸实施时，改变这里面貌的蓝图也就开始描画。并不需要多少时日，一切都会焕然一新，荒漠会成为绿洲，郊野会成为城镇，不长树的地方会长树，不开花的地方会开花，从无人烟的地方会充满欢声笑语。这样的奇迹并不是所有的人都能创造出来，但军人能创造出来。这样的创造，有过军旅生涯的人，会倍感亲切；没有军旅生涯的人，会感到新鲜与惊奇。正因为军人的创造使这些原本并不繁华的地方繁华起来，当因军人的撤离，这些已经热烈起来的地方陡然破败，由此而生的凄然悲凉也就格外强烈。

出北京二百多公里，海拔陡然升高，天地之间仿佛窄了许多，人们称这里为坝上。宋辽时期，这里曾是两国杀伐的战场，一千年风沙悠悠、雪雨悠悠，空旷的四野再也寻不见什么当年的遗迹了。那日，我们是去看一棵千年的老松树的，那老松树因枝柯虬曲呈龙状被称作九龙松，近年已成为这里的一处旅游景观。据说，北京某一名园曾打算将它移至园内，终因树老根深移动难以成活而放弃。然而，让我产生更多兴趣的却是九龙松附近那五处地名。这些地名都冠以"营"字，第一处叫头道营，其余四处分别是二道营、三道营、四道营、五道营。这名称显然是因为有军人驻守才叫起来的，那是一支什么样的军队？从什么时候开到这坝上？又从什么时候成为村庄？但不管怎样，这里绝不是如今武侠小说中的那种鲜衣怒马琴剑江湖的侠士游侠的地方，这里有过真正的两军对阵生死搏杀。终于，疆场成为热土，戎衣换下裙裾，那飘移着过多游魂的地方渐渐聚满了人气，发展为村庄。是对人的怀念还是对物的依赖？战场不再，独留下这一听便使人想起英雄奔走烈马扬鬃的地名！千年古松不语，但它是见证，在它那沐浴过千年风雨的树皮褶皱间，留存着永远无法解读的史实与史诗。站在九龙松下，眺望苍苍天野，这世间，什么都会成为尘埃而逝去，唯魂魄不散，随着这独特的地名，永远地留存下去。

让我再次生出无限感慨，是在伊宁市郊惠远古城的将军府。1757 年，清政府平息了准噶尔叛乱，将新疆重新置于中央政府的管辖之下。为了确保领土完整边疆安宁，在惠远正式设伊犁将军府，总统巴尔喀什湖以东和以南的天山南北军政事务，惠远也因此成了全疆的军事政治中心。沿伊犁河两岸，还修筑了八个军事重镇，此即史书所记的"伊犁九城"。1871 年，沙皇俄国大举入侵，八个边陲重镇均遭蹂躏，惠远则被夷为废墟。战后，清政府在废墟以北修建新城，一百多年过去，除那座三层三檐的钟鼓楼外，惠远已寻不见旧时遗迹，倒是那被一座现代军营围在中间的将军府，虽然同样破败，但那深深的庭院还在，石狮、亭台、两侧长长的廊房还在，破裂的青砖甬道缝隙间杂草都长疯了，走在其间，杂草时时牵拉衣裾，提示人们意识自己正站在历史和现实的衔接之处。

那日，我和天津的谢大光君把两侧的廊房一间间看过，多半屋顶都见了天，地面覆盖着多年积下的半尺许的尘土，断折的檩条半掩在尘土里，墙壁也都腐蚀和斑驳了，因为斑驳，原来写在壁上的字也破碎模糊得分辨不出什么内容、何时何人所留。但既然将军府在军营里，曾在这廊房住过的人必定是军人。谢大光也是当过兵的人，我问，住在这廊房中会想起大清的马队驿使么？谢大光说，那会儿怕想不了这许多。问及向导，向导说，这房子20世纪70年代还住人，成为历史遗址是80年代的事，地方经费紧张，遗址又在军营里，从未见修缮过，军队自然也不可能用作战训练经费修这老房子。于是，这遗址便一年年地坍圮。介绍情况的人很豁达，一再强调，这将军府多亏是围在军营里，多亏是军队经费短缺，要不，这遗址怕早没有了。这又是一个悖理，一个让所有认真思索这件事情的人难堪的悖理。不管如何，我对共和国成立后最早在这惠远城圈定一片土地修建营房的那位军人陡添无限敬意。他当是一个十分了解惠远历史的人，他把这将军府包进营区，绝不仅仅为了有效使用一些现成的房子，他是在以历史的积淀把历代戍边军人的忠魂烈胆铸造成一片宁静的疆土。离开时，谢大光不知是有意还是无意，说，还是荒凉一些好，荒凉能产生沧桑感。我没答话，我在想，还是修缮一下，如此下去，再过几年，怕真要变成一片完全意义上的废墟了。

我们这个古老的国家，可以称为遗址的地方太多太多，多了，也就不再稀罕。不像那些被我们视作"年轻"的国家，在那些国家，百十年的建筑，都恨不得罩在玻璃里。但不管稀罕与否，这将军府毕竟不同于一般意义上的建筑。史载，1842年冬，被道光皇帝"从重发往伊犁效力赎罪"的林则徐到达伊犁，伊犁将军布彦泰委派他掌管粮饷。此后，林则徐的足迹遍布天山南北，修渠屯田，整土固边，直到赦令下达返回关内。他在惠远城的居所已经没有了，但他必定常在将军府出入的，说不定他就是在我们此刻站立的方砖上，向将军府的官员们谈他"关山万里残宵梦，犹听江东战鼓声"的未竟抱负的。想到这里时，眼前兀地弥漫起一片血红，这是中华民族几千年来的热血赤诚凝成的一面无畏的旗帜啊！

这些年，不少人常感叹过重的历史负荷使整个民族举步维艰，似乎自己迈不开步子，是被祖宗的阴魂牵拉住了。岂不知祖宗留下的都是被历史的风雨洗刷过的精髓，这本是助我们登高的坚实的台阶啊！

拉拉杂杂地写下这些关于老营的感慨时，美国纽约世贸中心被恐怖分子驾机撞毁的事件，正把整个世界闹得沸沸扬扬，决心以军事行动回击恐怖组织的美国，国内征召，海外调集，将其精锐部队急促向地中海地区集中，一时间，在地球的那一侧，许多军营又要成为空营了。这样的空营当然也是老营，但不是废弃的老营，空营使人想起的只能是翻滚的战云，废弃的老营让人想起的却是被和平隔离的悠远的岁月。还有那些个营地，如果打击开始，没有人会怀疑那里会成为废墟，只是，那将是另一种意义的老营了。

人类就这样曲曲折折地书写着自己的历史。

2001年9月

145

# 我知道你为了谁

这几日，家里的电视机一直开着，频道也从来不换，荧屏上，除了汶川地震的救灾现场和受灾群众，镜头最多的就是救援部队了。陆海空三军加上二炮武警，无论将军还是士兵，无论战斗部队还是野战医院……灾区的再生与希望，连同全国人民的心，都紧紧地系在他们身上。

5月14日，某陆航团的直升机不顾气候恶劣，在地震发生四十多个小时后，落在了汶川的地面上。拉开舱门，机上的人员惊住了，从四面八方跑来的乡亲们，在直升机前跪成一片。

我知道，由于震后时风时雨，气象复杂，再加上峰险谷深，此前，直升机六次飞临汶川上空，都没能着陆。汶川有一万多名受伤的群众正等待运到外地救治，陆路因多处山体滑坡无法通过，在道路打通前，只能靠直升飞机了。

气象条件，要命的气象条件啊！20世纪90年代初，我曾在西藏边防乘直升机飞过一段里程。长长的峡谷里寒风正紧，气流湍急，机身颠簸得厉害，有一架直升机就在这条山谷里摔毁了，机上人员全部殉职。

在看到直升机在汶川降落，伤员开始外运的消息后，我听到了一支熟悉的歌，一支叫《为了谁》的歌，是一家地方电视台的背景音乐：

"泥巴裹满裤腿/汗水湿透衣背/我不知道你是谁/我却知道你为了谁……"

在略带凄婉的歌声中，我的眼睛模糊了。

视线重新清晰，荧屏上，画面飞快地转换：运输机在空投救灾物资，冲锋舟在岷江上运送群众，紫坪铺水库架起了四座漕渡门桥，工程部队抢修塌陷的公路，后续部队继续向重灾区开进……

这时，这支歌已经变成了合唱，辽远悠长，雄浑悲壮，我的眼睛再次模糊起来。

正如歌里唱的："为了秋的收获/为了春回大雁归/满腔热血/唱出青春无悔……"

——武警水电总队一支六十多人的抢险车队，被一座高达二百米的滑坡山体阻住了。清除这段山体，就意味着后面的救援车队要推迟十个、二十个小时甚至更多的时间才能进入受灾乡镇。这时，先一秒钟到达或迟一秒钟到达，就意味着生命得到营救或者放弃。他们没在这里做丝毫的停留，在当地群众的帮助下，在被阻断的下方，找到一条废弃的旧路。路太窄，需要拓宽，然而路基却很松，挖掘机刚挖过去，两侧的泥石就往回滑落。不知是谁喊道："同志们，还等什么，用手刨啊！"声音未落，三十余名指战员跟在挖掘机后面，用手清理起滑落的泥石来。很快，他们的十指便磨出血来，没有人吭声，更没有人停下来包扎，直到掘出一条简易公路，后面的救援车辆逶迤而来。直起身来的指战员们，手上的血还在向外渗着。

——地震后，茂县通信中断，道路阻塞，成为一座与外部世界隔绝的孤城。空降兵的十五位突击队员受命在极其恶劣的气象条件下实施伞降，探明地面情况。利用云层乍开的瞬间，他们从四千九百九十九米的高空跳出机舱……登机前，他们全都留下了遗嘱。

——几个刚从废墟里出来的战士又发现了一个孩子，转身要往回钻，余震袭来，巨大的混凝土块开始晃动下陷，他们几个被战友们死死地拉到安全地带。一个战士哭着喊着对战友们说，让我再进去一次，我还能再救出来一个……

——一名接到开赴灾区命令的战士给女朋友发了一则短信：记住，如果我留在那里了，别哭，你失去的是一个亲人，那里很多人失去的不止一个亲人，等那里建好了去看看，只是，别问我留在什么地方。

——某团特务连开赴绵竹金花镇救灾，一名战士的家就在镇上。两天两夜，他和战友们连续奋战，连家里是什么情况都没顾上打听。事后才知道爷爷奶奶遇难，父母重伤，这位战士强忍悲痛，说，拯救群众就是在拯救我的家人。

翻开这几天的报纸，这样的报道满目皆是。

电视里歌声又响起来了："啊，我的战友/我的战友/我的兄弟姐妹……"还是《为了谁》这首歌。

好像要考验我们的意志似的，今年，开年就是一场窒息了南中国的暴风雪。春风刚拂去风雪肆虐的留痕，这天府之国的腹地，又是一场比三十二年前发生在河北唐山的地震还要强烈的地震。地震源离地表仅十几公里，裂度和破坏力自然要比唐山地震强烈得多，波及的地域也广阔得多，只一瞬间，这里就成为全国乃至全世界关注的焦点。

当年，唐山地震，三军参与救灾的人数是十四万人，是在多长时间里集结的，我没有查到资料。汶川地震，只三日，十几万大军就奋战在灾区的土地上了。十几万人马，七十余位将军，四万多名共产党员，天上地上，山南海北，一声令下，即刻启程，唯军队才能做出如此反应，唯军人才能行动如此迅速。

这就是人民的军队，养兵千日，用兵一时，体现的是这支军队的根本性质与宗旨。

经历了三十年的改革开放，我们脚下的这片土地发生了太多的变化。经济的迅速发展，给全社会鼓起了一面面崭新的风帆，那阳光一般明亮的彼岸更是已经可触可即，每一天，都有许多的兴奋、许多的激情、许多的赞歌、许多的颂诗。只有军人不同，即便是漫长的和平岁月，花前月下仍然不属于他们，杯光烛影也不属于他们，甜蜜的小夜曲更不属于他们，他们的岗位是在被纪律与条令垒砌成各种规矩的军营，是在用战争与牺牲设置的训练场、演习场。他们必须绷紧心弦，攥紧拳头，随时准备为国家和人民的利益而战。

三十年，只是历史长河中的一朵浪花，但我们这个民族却经历了太多的磨砺。回望岁月，逝者如斯。在每一个重大转折的关头，在每一次风雨交加的时候，这支军队，这支军队里的将军与士兵，都毫不犹豫地用自己的全部力量与意志，甚至自己的热血和生命，为国家和人民支撑起一片洁净的天空。他们的荣誉，他们的功勋，是用忠诚打造的，关键时刻，危难之际，有这支军队，党放心！国家放心！人民放心！

刚送来的报纸，依然连篇累牍都是关于救灾的报道，其中，有一版是网友的短句，摘录几则：

现在，我只要看到解放军救灾的镜头，眼泪就止不住地往外涌。

有了救灾部队，悬着的心就落地了，他们就是希望！

战士们的年龄和我们一样，但他们的意志和毅力比我们坚强百倍千倍。

再一次唱起来吧，共和国的旗帜上，是他们血染的风采。

……

这些普通网民的留言，简直就是镌刻在金石上的箴言，热得烫人。

灾难让一个民族的心连在了一起。

救灾仍处于最艰难的时刻，战友们正竭尽全力，鼓剩勇而战。这是军人的责任，这种责任的原动力是爱，是对党、对国家、对人民深深的爱。像儿子爱自己的母亲，像江河爱承载它们的土地。

救灾的电视新闻正滚动播出，匆忙的身影在镜头前匆匆闪过，我看不清他们的面容，即便看清了，我也唤不出他们的名字，还是《为了谁》这首歌唱得好："我不知道你是谁/我却知道你为了谁。"

2008 年 5 月

# 阅读土地

人对周围环境的认识，往往会存在一些盲区，我对连云港便是如此。

在我数十年的军旅生涯中，有十六年是驻守在连云港的。刚来北京那几年，每到深秋，单位都组织大家去香山观赏红叶，然而，在遍山火焰中，我想到的却是在连云港时翩然而落，只一夜便铺满营院的金色的梧桐叶，我甚至能清楚地听见连长在队列前大声布置：收操后全连扫树叶。

当然，记忆最深的还是海，那时，每夜真的是枕着涛声入睡呀，涛声越来越近，越来越近，直到击打着你的耳鼓，发出一阵阵的轰鸣。而天上，则会有一轮皓月，从云台山黑黢黢的山垭上缓缓升起，将万千碎银抛洒一地。这时 从陇海铁路上会驶过一列火车，拉着长长的汽笛，在山壁上撞击出一片悠远的回声，这一切，会让你顿然生出无限的诗情画意，在这诗情画意中，肩上的钢枪也就多了不少的分量。

让我萌发重新认识连云港的念头，是一天早上中央人民广播电台播出孔望山汉代摩崖画像的消息之后。在上班的路上，我的心思全在连云港上，怕骑车走神撞到别人，便下车推着走，到了什刹海边，索性望着那一池残荷发起呆来。在连云港那么多年，我怎么就不知道孔望山有汉代的摩崖画像呢！要知道，那年，我们团的一个连队在孔望山打战备坑道，我在那个连队住了半个多月。每次从施工现场出来，便故意沿着山势瞎转，那孔望山的沟沟岭岭我可是跑遍了的，那摩崖画像是在哪一面山壁上？是被植被遮住了？还是被腐蚀的沙石掩住了？还是那时自己只盯着动荡的世界，没有向负载着自己的这片土地多望上一眼呢？

我开始关注起连云港的记载来，很快，便收集到相当可观的史料。比如，大伊山卧龙岗的古代遗迹，那极有规律地排列着的二百多个圆形臼窝，好似星象图案似的，当地人称其为星象石。据考证，这是商代抑或更早的祭天的场所，因为商代一个叫巫咸的天文学家曾编制过世界上最古老的星象图，只是失传了。由此可推想，古人在编制星象图的同时，也在其他材料上留下了鲜明的印迹，如长沙马王堆汉墓中出土的帛画上便有星象图；敦煌石窟的经卷上也有星象图，只是被洋人掠走了，现在藏在英国伦敦博物馆里；再就是各地发掘的一些汉代墓室，许多墓顶都刻有或绘有天文图，说大伊山的圆形臼窝是先人留下的星象图，应该是不错的。这个圆形臼窝，就在我们师1团机关后面的山坡上，那也是我多次去过的地方，可我就是愣没看到。

至于徐福，便更让我汗颜了。

今天，徐福已经成为中日关系渊源的一个象征。车出连云港市区新浦，向北行驶四十多公里，看到赣榆城郭，便看到徐福高大的塑像了，每年的徐福节，对赣榆的经济发展起到了积极的促进作用。徐福，字君房，《辞海》和《汉语大辞典》中的词条都是这样写的：徐市（即徐福），秦方士，齐人（或琅琊人）。说他上书始皇，言海中有仙山，曰蓬莱、方丈、瀛洲，为仙人所居，得始皇允准，发童男童女数千出海求之，一去不返。倒是唐人郗昂在其《骊山伤古赋》中写道："徽茅蒙为却粒之符，遣徐市为求真之客。"求真二字，是可以作为徐福行为的注释的。方士，占星算卦之人。除此，徐福还是始皇帝的御医，始皇帝命他东渡，他的传说遍及韩国南部和日本，成为历史上中日韩文化交流的一段佳话，几千年来一直是人们研究和探讨的一个热门话题。

齐，周朝诸侯国名，指今天的山东，赣榆隶属江苏，古为吴越之地。《辞海》说徐福是齐人，当不会无据。至于再早，属齐还是属吴，或者什么时候因为地域改划，由齐归吴，或由吴归齐，并无争议。徐福到底是山东人还是江苏人，也是如此，不像有些地方，为了确认一个历史名人的属地，争执不休，仿佛只要把他划进来，自己脚下的方寸之地便会放出灵光似的。齐鲁大地到底是礼仪之邦，坦然大度，不争那几丝历史的光亮。

徐福故地赣榆县金山镇徐福村，是个极寻常的村落，20 世纪 70 年代，我们部队野营拉练，在这个村子住过，村子里没人给我们说过徐福，尽管这个村子就叫徐福村，更没有人把徐福作为自己村子的荣耀，处处显摆。倒是听说过村外有一座早就毁得还剩几堵残垣的庙，那时的我们，一个个孤陋寡闻，哪里知道徐福是这样一个非凡人物，想也没想过脚下的这片土地，竟养育了徐福这样的一个非凡人物。不管徐福东渡的动机到底如何，客观上却沟通了两个民族之间的文化交流。就像郑和，二十八年间，率一支庞大的船队七次通使西洋，到过非洲东岸，到过红海和麦加，成为世界航海史上的一个壮举和中华民族的一个骄傲。对于郑和，我看到过一篇文章，说，靖难之役朱棣攻占北京后，没有见到惠帝朱允炆，放心不下，才遣郑和下西洋寻找，生要见人，死要见尸。《明史》有句："疑惠帝亡海外，欲踪迹之。"惠帝的下落，坊间传说有三：一曰在后宫自焚；一曰出家当了和尚；一曰流窜海外。朱棣遣郑和七下西洋，远航印度洋和西太平洋，通使三十多个国家，历时二十八年，目的虽说法不一，但寻找建文帝一说，并无权威史料支撑。历史学家如何看待这篇文章不得而知，该文作者缘何提出这一问题不得而知，但在历史长卷上，动机算不上伟大，后果却十分辉煌的事并不少见。要说朱棣那时便有开放意识，似乎牵强。要说朱棣担心惠帝未死，怕影响他的帝业，也并不合理。当然，政治家的动机绝非我们这些常人所能揣度。

话说远了，讲徐福讲到郑和无非是想为徐福的贡献找一些佐证，归根结底是想说，任何一方土地都灵气得很，寻玉不必远出，阅读脚下这片土地即可。

接着说连云港。那数脉青山，一抱海湾，足足让我们阅读一世。就说花果山吧，旧时称苍梧山，唐宋明清诸朝都曾在山下筑塔建寺，素有东海胜景之誉。淮安离此只有百多里路，想淮安人吴承恩常来这里，要不，写《西游记》怎会把花果山当作地域背景！宋代的苏东坡有诗赞花果山：郁郁苍梧海上山，蓬莱方丈有无间；旧闻草木皆仙药，欲弃妻孥守市阛。连苏东坡都想丢却妻子儿女来此的地方，该是何等美好啊！遗憾的是，在连云港的整整十六年间，我竟一次也没有登上此山。有一年冬天，奉军区文化部之命，去山上的一个雷达站了解情况，到了山上已是下午，寒风凛冽，把哨所的窗扇拍打得吱嘎乱响，哪里还有游兴。待风稍微小一些时，已是日落时分，远远地只看到三元宫的飞檐在晚晖里透出一角剪影。第二天，一大早便下山赶火车，车到山腰处，送行的同志告诉我，水帘洞便在下边，问我可有兴致看一看。我问，有瀑布吗？答，冬天本来水就小，只有滴滴答答的几滴水珠。几滴水珠看什么，那会儿，不知怎的，一点看看的心思也没有。若现在，即便滴水全无，我也会进去看上一看。

对山下的海清寺阿育王塔，我倒是熟悉一些，20世纪60年代后期，部队在花果山下一个叫大村的村落驻过一段时间，出村向东走一段路便是大村水库的大坝，登上大坝，水库的另一侧便矗立着阿育王塔。那时，只有塔，没有海清寺，海清寺是90年代重修的，塔虽破旧，但倒映在波光水影里煞是好看，何况又是在青山环抱之中。这个阿育王塔，与被成为阿育王的印度摩揭陀国孔雀王朝的创始人旃陀罗芨多之孙，是个什么关系？阿育王曾遣人把佛教传到印度各地和毗邻国家。打开地图，印度至此，远隔万水千山，在这里建塔，而且名阿育王塔，必定是有根由的，只是没有找到明白人而已。到了70年代，上海一位研究古建筑的教授到这里考察此塔，教授走后，才知道这塔是天圣元年即公元1023年，宋仁宗赵祯即位后在这里修建的，为八面九层阁楼式砖塔。清康熙七年，即公元1668年，郯城大地震，震级达8.5级，据《海州志》记载，那次地震连云港"城倾十之二三，屋宇多圮"，然此塔岿然不动。古时建塔，讲究甚多，不是任意一处都可以垒起一座塔来的。不知是何方智者点化，在此处建塔，给后人留下这永远参不透的禅机。

还有石棚山北宋诗人石曼卿的读书处，只消看一眼曾任海州知州的王同篆书"龙洞良宵月照，黄花满地秋香"的石刻，你便会生出无限的诗情画意来。最让我遗憾的是宿城，据传是因唐李世民东征在此筑城得名。这里不仅处处有激流飞瀑、古树奇石，而且每一处都有一个优美的传说。然而，在我重新认识连云港之前，当年，每次由哨所赶回连队，或者由连队返回哨所，都必须经过宿城，翻越虎口岭。每隔一段时间，团里的电影组会来放一场电影，汽车只能开到宿城，银幕就挂在两棵大树之间，那树有一棵是银杏，那该是一棵有数百年树龄的老树，树干粗壮高大，树冠茂密丰阔，一副饱经风霜的姿态。晚饭后，我们背着背包挎着枪，走上十来里的小路，在大树下看一场电影，便是那时唯一的精神享受了。可那时，从来没有人讲过宿城的传说和历史，也没心看那些流泉飞瀑、古树奇石。

只要留心，在我们生息的这块土地上，处处都可以看到人类文化的烙印，给我们开拓未来的启示和勇气。

离开连云港已经快二十年了，这二十年，是共和国翻天覆地的二十年。我们这个民族从精神的羁绊中走出来，正在这片生养我们的土地上，留下属于我们这一代人的创造，留下我们这一代人镌刻的印迹。

前些日子，我又在电视新闻中看到了连云港，只是不是关于连云港的历史文化，而是关于欧亚大陆桥桥头堡的连云港。看到那一眼望不到头的港区，看到把东西连岛和陆地连在一起的跨海大堤，看到把海州、新浦和港口连在一起的大片大片崭新的建筑，我还看到在连云港修建核电站的消息，合作的一方是俄罗斯。我想，再过一些年，当人们再下意识地把目光停留在脚下这片土地上时，那该是一部一页连着一页的大书。而且每一页都有给他们以启示和智慧的印迹，不会再有断层，不会再有使后人无论如何也参不透的空白。

我想，我真的该再去一次连云港了，我要细细阅读这片以前未曾细细阅读过的土地，去寻找昨天和今天之间绝对不曾断过的连线，去看一看我们这一代人参与描绘的一片灿烂。

1998 年 2 月

# 走进楼兰

凌晨三时许，我们迷路了。

这是离开昨晚在戈壁深处临时设置的营地，向楼兰开进一个多小时后发生的事情，时间是 1999 年 8 月 30 日。

周围是一片被千百年的风沙侵蚀的峥嵘险峭的雅丹地貌，星光月色下，如同一座座古老的城堡，我们的车队就停在城堡左曲右盘的"街道"间。先导车前出寻路，出发时，它起劲鸣响警笛，在夜色笼罩的大漠戈壁上，那声音不但嘹亮，还给人以希望和寄托。现在，警笛声听不见了，不知是驾驶员没有拉响，还是驶远了，听不见了。我爬上一座土岗的顶部，希望能看到那前出寻路的车灯，然而，望遍四周，除了月色在浩瀚沙漠上泛起的片片银光，除了一座座土岗的黑黢黢的影子，先导车的灯光一丝也看不到。

虽然迷路了，心里并不是很急，进了沙漠，哪有不迷路的，何况又是夜间，最不济等到天亮就是。反正在车里等也是等，大家便躺在土岗上看星星。大漠上的星星在都市里永远也看不到，一颗一

158

颗，清清楚楚，不仅又大又亮，而且很近，让你感到伸出手臂就可以抚摸一番。这一刻，我想起那个叫斯文·赫定的瑞典人。1900年3月，他和他的探险队员在沿孔雀河古道进入罗布荒原后，也曾四顾茫然，有个队员就是在这一刻离他而去的。接着是一场风，沙漠的风刮起来什么也看不见。记不清风刮了多长时间，风停了，那个一天前独自返回，到途中经过的一处可能是寺院遗址的地方，寻找遗弃在那里的唯一能用来挖掘物什的铁锹的，叫奥尔得克的当地人向导，站在他们的面前。

那一刻，斯文·赫定真的以为是神灵把奥尔得克送了回来。

奥尔得克说，他找到铁锹回头追赶他们时走错了路，见到一些房屋遗址和雕刻着精美纹饰的木板。奥尔得克的话让斯文·赫定产生了一种直觉，那些房屋遗址和刻有图纹的木板，极有可能就是他梦萦魂牵的楼兰遗址。他恨不能即刻就去那里。然而，他又不得不考虑探险队人畜疲惫水尽粮缺的现实，再三掂量，他们没有再继续寻找，而是返回了喀拉库顺湖。斯文·赫定把奥尔得克的发现，看作神秘的楼兰向他发出的邀请。他发誓，一定要再回到这片沙漠来。

翌年3月，斯文·赫定和他的探险队，沿着废弃了至少千年的古道，把营地安在了楼兰遗址的泥塔下。

先导车还没有回来，大家都在借这个机会，尽情地欣赏大漠夜色。我们是乘越野吉普进入戈壁深处的，按计划，到罗布泊后换乘塔里木石油勘探队的特种车，在变幻无定的沙丘间，再行驶两个小时，然后，穿越一段被漠风剥蚀的雅丹地貌的谷地，于上午十时左右，到达楼兰遗址。比起当年斯文·赫定在接近楼兰时，不得不和他的三名助手，牵着四峰饥渴的骆驼、一匹疲惫的马、两条累跛了腿的狗暂且返回喀拉库顺湖，我们的保障条件和他们的差异，可谓霄壤之别。

先导车终于回来了，这时天已经大亮，我们重新上路。七时许，车队进入罗布泊，下车小憩，一轮红日正跃出地平线，大家一起欢呼起来，直到那个硕大的火团升上半空，把罗布泊染上一片金红，才把注意力转向脚下的这片死亡之海。据说，罗布泊曾经是一个游移的湖泊，它的游移，不仅是因为塔里木河的改道，还因为千里之外的博斯腾湖的消缩盈溢和孔雀河的变迁。当伴着流沙的生命之水因为受阻不能再继续流淌时，便沉积下来，不断加大着沙丘的体积，沙漠的面积也因此越来越大。终于，作为游移湖的罗布泊彻底消失，塔里木河的尾闾淹没在流沙之中，无拘无束的漠风便把它雕塑成今天这个模样。

阳光越来越强烈，针刺一般扎在裸露的皮肤上，才早上八点多钟，地表温度竟到了摄氏四十度。视线之内，一马平川，微微发黑的龟裂的土块，硬得像石头，捡起一块用舌头舔舔，盐一样咸。我忽然想起这偌大的湖泊最后消失的那一刻，想起湖泊消失后渐渐迁徙或消亡的物类，想起在罗布泊探险中殉难的与我们同时代的彭加木和余纯顺，心里泛起浓浓的酸楚，是人类还是自然，抑或人类和自然，一起制造了一个又一个的谜，又自己不惜代价地一个又一个地去拆穿。今天，我们把这种颇为悲壮的行为称作探险，说这样做的意义在于扩展人类的认识空间。

我们是由东向西穿越罗布泊的，图上的距离仅二十公里，却走了近一个半小时。换乘特种车后，已无道路可言，驾驶员只是凭着记忆向前行驶。这种特种车轮胎高大，马力强，在一米多深的流沙中行驶，毫不费力。流沙中有不少小山一样的沙丘，特种车像坦克一样避也不避，冲着沙丘直碾过去，轮胎搅起的流沙波浪般从车头盖到车尾，坐在车内的我们，自然也颠簸得格外厉害，在流沙从车头卷至车尾的那一瞬，倏然生出一种被历史淹没的感觉。正当我们被颠簸得头昏脑涨时，那座无数次在史料图片上出现过的颓圮的泥塔跳入我们的眼帘，大家一下子兴奋起来，忙叫驾驶员停车，我们要一步一步走进这座古老的域池。

我们沿着一条干涸的河道，走了二三百米后，站在了泥塔的下面。这泥塔如今已成为楼兰的标志，考古者有的说它是佛塔，有的说它是烽火台。若说是佛塔，总该有点宗教意味的遗迹才对，绕着泥塔，我们转了几圈，什么也没发现，虽然塔身上坑坑洼洼，但却辨识不出是佛龛还是洞穴，如此，说泥塔是烽火台似乎更接近其本原。

干涸的河道中，处处可见陶罐的碎片。那陶片胎色都比较深，呈红褐、紫褐和黄褐，从断茬看，泥料颗粒比较粗。懂陶器的同志说，这叫夹沙陶，质地粗，耐高温，但易碎。这时，河道中间的气温已经接近摄氏五十度，仰脸看一眼天空，两颊便如针扎一样。我们闷着头在河道里捡拾陶片，每捡到，便叮叮当当地敲击几下，那声音虽然清脆，但却听不到当三在晨光夕照里来河边汲水浣洗的姑娘们的笑声了。

时近正午，有人提议钻到停在泥塔下面的车下休息，大家好像没听见似的，依然在每一处遗迹下细细寻觅，希望能在被考古工作者寻觅了多少遍的这一所在，再发现点什么。

汉武帝时曾经将楼兰并入中国的版图。史载，楼兰古城占地约十万平方米，繁盛时有居民一万四千多人。一千多年前，楼兰人迁徙远方，岁月早把他们和大西北各民族同化融合了，更何况大西北各民族本来就血脉相连，如今，楼兰人的后裔已寻不见了，只剩下这片废墟，顽强地证明着当年的辉煌和繁荣。

我们在废墟间徘徊着，房屋的檩条都塌落下来，横七竖八地躺在地上，我们没有看到斯文·赫定所记载的精美的纹饰，那些檩条多呈方形，每根都有七八米长，二三十厘米见方，岁月把它们几乎变成了化石，被风沙撕裂的一道道深深的缝隙，像刻在额间的皱纹，显示着它们的年迈与悠久。墙壁都是用泥土夯实的，墙与墙之间，夹杂着长出一些芦苇，许是刚钻出地表的缘故，那芦苇和今天的芦苇相比，并没有显示出多少苍老来。渐渐地，大家都集中到泥塔下环望四周，我们竭力想象这座城池当年的模样：城正中是它的行政官署，那官署有着高大的门柱，门柱上方雕梁画柱，代表着楼兰的权力。东面有一座佛寺，楼兰人信奉的是释迦牟尼。东北方有一个汉代设立的驿站，通常，除了官员，还接待一些在丝绸之路上往返的客商。城中间街道纵横分明，两旁是一座座宅院，有一条河由西北向东南穿城而过，那河好像是孔雀河的下游或分支，河边是胡杨林，给这座城池平添许多灵秀和美丽。再远处，是楼兰人的墓地，那里安息着他们的先人……想象毕竟是想象，眼下，目光所及，除了一座座土堆，除了土堆上的处处废墟，若无史料记载作为补充，无论如何也想象不出它们原来的模样，只有在考古史上留下重重一笔的"三间房"，还保存着完整的墙壁，让来人对楼兰人的居所得出最真实的印象。

温度计告诉我们，地表温度已经超过摄氏五十度，没有一处阴凉可寻。阳光疯狂地向头顶倾倒，地面上滚烫的石砾透过鞋底把暴热向周身扩散，我们完全置身于一个大蒸笼里。只是，谁也没有出汗，因为等不得汗水冒出皮肤，便被这暴热蒸干了。

返回时，驾驶员选了一条新的路径，我们得以看到大片大片死亡的胡杨林，烈日和干旱蒸干了最后一滴水珠的同时，也榨干了它们生命中最后的汁液。此后，沙砾不但击倒了它们的枝干，还把它们剥蚀得体无完肤，一年又一年，一次又一次，沙把它们埋起来，风把它们拽起来，他们的关节脱开了，骨骼拉折了，它们的肢体已经和沙丘浑然一色。即便如此，它们仍然不甘心就这样消失，好像要尽可能多地给未来留下一些启示，于是，它们顽强地把手臂伸向天空，呼唤着生命的回归。一刹那，我们被震撼了，那些纵横交错叠压的枝柯，好像是一面面旗帜，在呼唤什么、企盼什么。也许解释楼兰被淹没的历史，这干枯的胡杨才是最好的证明。

驶出罗布泊后，车队在戈壁上疯跑起来，即便如此，回到基地，天色已经擦黑，营区的灯火先是几盏，很快便燃烧成一片，我们也由数千年的昨天，回到了现实之中。

1999 年 10 月

# 常会想起那条船

"常会想起它的。"

那天，在麻斜港走下"海洋十一号"时，我在心里默默地对自己说。

整整十六天，它载着我们在南中国海上航行，它用它那红色的小艇一次一次地把我们送到礁、滩、岛、屿上作业，又一次次地把我们接回它的怀抱。那天，在汐沙洲上的观测作业结束，返回"海洋十一号"，天已经黑了，四周茫茫苍苍，风声浪声灌满耳鼓，小艇被风浪抛掷着，颠来簸去，从未有过的孤独感一下子袭上心来。抬起头，前方不远处，"海洋十一号"灯火通明，每一盏灯都像一只眼睛，看着我们，召唤我们，我们的心一下子便热了起来。此时，小艇也冲出了礁群，飞速地向灯光驶去，一时间，我对"海洋十一号"竟生出一种如若土地、如若母亲一样的亲切来。

在偌大的南中国海上，在众多的舰船中，"海洋十一号"这条排水量仅为三千四百吨的海洋调查船，实在算不了什么，尽管，它刚从船厂来这支部队服役时，银白色的船体曾亮得耀眼，鲜艳得叫人心颤。但毕竟它已经服役十年了，十年间，它十下南沙，十四次远航，它船尾的浪迹已经绵绵延延铺了十万多海里。风浪已把它咬噬得遍体鳞伤，水兵们精心地呵护着它，竭力修复掩饰它的累累伤痕，但怎么也拂不去它的辛劳、它的憔悴，十万多海里的路啊，它太劳累了。

那么，是什么使自己常会想起它呢？是因为它不同寻常的业绩？是因为它载着我们领略了南中国海奇瑰的风光？都是，又都不是。站在招待所院子里，总觉得还站在"海洋十一号"的甲板上，要知道，离开这条船，满打满算还不到两天。

在招待所里待不住，索性上街去。出招待所往左拐再往左拐，有一棵大榕树，繁茂的树冠，为这座海滨城市铺展了一片足有一个篮球场大小的绿荫。在我细细观赏这棵榕树时，一列水兵从榕树下走过，他们的脚步在这条石块铺筑的街道上，踏出极有韵律的声响，水兵帽上两根缀有金锚图案的飘带，被五月的熏风摆来摆去，似乎没有什么人注意他们，这支小小的队伍很快便淹没在人海市声里。而我的心中却倏然透出一片天空，我明白了，自下船以来，让我思念的是"海洋十一号"上的那些水兵。不是吗？在海上航行的十六天里，我们一起登艇，一起上礁。工作之余，我们一起拾贝，一起垂钓，一起看惊涛拍天，一起观日出日落……我真正舍不得的，是与他们的分手啊。

现在，我坐在北京自己家里的书桌前，昨夜刚下过一场透雨，空气湿漉漉的，北京的夏季，这是个难得的凉爽夜晚。我铺开稿纸，南海的波涛便在我眼前涌动起来。

先说肖世元吧，这是我上船后认识的第一个水兵。那天，乘小艇上金银岛，他是操舵的专业军士。小艇在波山浪谷间颠簸起来，我们虽然坐在舱底，随之左摇右晃，而他，稳稳地站立着，那操舵的姿势，潇洒得让人嫉妒。可有谁想过，他入伍前，连条小河也没见过。还有那个枪缆军士长程相东，他与小肖都是来自豫东平原，刚到这里时，大海的壮阔惊得他们发愣，之后，便是晕船，便是呕吐，便是无休无止的风簸浪颠，几年后，他们都成了海之骄子，再也离不开南中国海了。那年，小肖回老家探亲，整日张嘴闭嘴不离海，亲友们说，你除了大海还有别的话题没有？还是爷爷理解他，说：世元是水兵，不说海叫什么水兵？

我们住的舱位是副长蒋永庆的，上船后，他把舱位腾给了我们，自己到底层水兵舱里去了。副长的舱里，挂的都是图标和航行计划，桌子一旁码着一摞有关航海的杂志。蒋永庆是江苏吴县人，江南丝竹太湖月影间长大的清秀的小伙子，被南海的风一吹，俨然成了一个弄风浪于股掌面色黑红的地道水手。蒋永庆是从山东海洋学院毕业的，学的是海洋地质，入伍却干起了航海，如今，和他一起入伍的同学，只有他一人还在船上。我们想和他谈谈，但他很忙，几乎没有停下来的时候，那天，好不容易和我们一起坐下来，还没等他开口，一个水兵来向他报告，说有一只琼海的渔船靠了过来，大概是想要点淡水蔬菜什么的，船长让他过去看看。蒋永庆歉意地朝我们笑笑，说，返航时再谈吧，返航时便不忙了。然而，直到在湛江靠岸，也没能再和他交谈，返航途中，按照舰队布置，又加了训练科目，蒋永庆得去组织。

感谢上苍，我们的整个航程大多风平浪静，只是在离开中建岛返航时，风浪大作，躺在床上，得用双手撑住铺位两侧，要不就会滚来滚去。许多人都呕吐了，中午吃饭，没有看到随船一起行动的大队政委任宝凯，问之，说晕船，在躺着呢。我们便去看他，这位喝海河水长大的汉子笑曰，从第一次晕船便发誓，再也不上船了，给什么待遇也不遭这份罪。誓发了无数回，海却没少出。二十多年下来，他从一名水兵成为这个统辖着十多条各型舰艇的大队政委。他没有离开大海，他也舍不得离开大海，不管风有多大，浪有多高。再险还能险过那次去西太平洋吗，二十二天，七千多海里，台风五次经过作业区，那么险的风浪都过来了，还有什么风浪挺不过呢！

讲起台风，任宝凯来了精神，他从铺位上起来，双手比画着说起来。天，猛地黑了下来，云彩像块铁板，低得能碰断船桅，分不出是浪的吼叫还是风的嘶鸣，让你一下子感到有些毛骨悚然，空气沉重得像一块铁板，压得人喘不过气来。注意，形容云彩像铁板，是水兵的语言，不是水兵，谁会把气团比喻成铁板呢？任宝凯继续说，台风来了，你不能抗拒，也无法抗拒，只能全速逃跑，别无选择。台风的速度没有船速快，于是，奇特的景观出现了：船喘息着在前面跑，风吼叫着在后面追，直到双方都筋疲力尽，台风转向。要是台风迎面而来，来不及避闪，你就只能迎面而上，顶着风浪航行，稍有不慎，就有被风浪打个侧翻的可能。这样的航行更加惊心动魄，狂风暴雨怒海，波浪十几米高，小山般一座一座涌过，船头一下子插进浪中，船尾高高翘起；船尾一下子落进浪里，船头被举上浪巅。水兵把风浪从船头掠到船尾的过程叫作"洗船"。有个叫许

167

桂林的水兵，越是这种时候越活跃，摇摇摆摆地在每个船舱串来串去，看战友们晕船的样子而自得，因为他从不晕船。

许桂林退伍了，他的家乡在鄂北，那里没有海。许桂林退伍后，只来过一封信，再往后就没了音信。任宝凯说得很动情，我们知道，那次航行，任宝凯是这条船上的政委，风浪太大，无论在甲板还是在舱里，人根本就无法站。任宝凯想去看看舱底下轮机运转的情况，怎么也站不起来，是许桂林下到舱底，回来告诉他，机电班长是趴在舱底工作的。我们对任宝凯说，国家中兴，改革大潮拍天裂岸，有许桂林弄潮的地方，说不定哪天他会突然来到船上，要跟你一起出海呢！

和"海洋十一号"一起航行的，还有舰队航保处的曹达源处长，他是这次任务的总指挥，他熟悉南海像熟悉自己家里的庭院一样。"千里长沙，万里石塘"，天海茫茫，连成一片，"海洋十一号"漂在上面，不过像一枚树叶。可无论是白天还是夜晚，也无论是在航行还是在停泊，你若问舰船所处的位置，曹处长略一观察就会告诉你，这里大约是东经多少，北纬多少。至于这里水深水浅，合适不合适抛锚或漂泊，他更是不假思索，一口道出。有几次，我们特意与海图核对，其回答的数据竟然准确得让人咂舌。曹达源是把南海的每一朵浪、每一片云、每一缕风都浸泡在自己的记忆里了。近四十年的军龄，大校军衔，人虽清癯，精神却充沛旺盛，如同岸上那挺拔的棕榈。在黄岩岛要升旗造标，曹处长亲率小分队登岛，他们每个人都着一件火红的救生衣，小艇随波涛起伏，那些救生衣像一团燃烧的火，像一面招展的旗。那一刻我好生羡慕，我想，南海正是因为有他们，才如此雄伟壮阔。

回到北京后，我接到曹处长的一封信，他在信中说，与我们一起的这次航行，是他最后一次航行了，在海上他便想告诉我们，终未告诉。我知道，他已经接近退休的年纪了，在海上颠簸了这么多年，再强壮的身体，也有经不住颠簸的一天。读完信，我有些伤感，便打电话给同去南海的文学评论家李炳银先生，炳银沉思了片刻，说，回信时告诉老曹，下一个航次正在备航。

我真的是这样给曹处长回信的。水路陆路，岸上海上，人何曾一天中止过生命的航程？起点是上一次的终点，终点是下一次的起点，老曹在海上铺展描绘的画卷，在陆地还要继续铺展描绘，云帆高挂直济沧海是一种壮美，走马平川登临绝顶也是一种壮美，他的满腹经纶，在保卫南海中已经得到证明，建设开发南海，同样需要经纶满腹的人呀。老曹说过，一些单位正在开发南海资源，希望他退休后过去助一把力。我把给老曹写的信寄走后，想起辛弃疾词《贺新郎·同父见和再用韵答之》中的句子："男儿到死心如铁，看试手，补天裂。"我要找书法家给老曹写个条幅，他一定会喜欢的。

离开"海洋十一号"时，海调部副主任李满青送给我一对色彩斑斓的虎斑贝。李满青是一个文学爱好者，航行中，他给我讲了许多南海的传奇故事，还把也虽然尚不成熟但却真诚朴素充满海洋气息的习作给我看。他说，做个纪念，有空儿就用它听听大海的声音。我把虎斑贝贴近耳郭，顿时，虎斑贝呜呜作响起来。我给李满青说，我听到了"海洋十一号"的汽笛。

"呜——"汽笛响了，这是"海洋十一号"结束航行在麻斜港靠岸站泊时拉响的汽笛，所有的水兵都着整洁的水兵服靠船舷立正，像站在码头上迎接他们的战友致敬。

啊！战友们，今后，无论我走到哪里，无论我到了什么地方，这汽笛声永远不会忘记，我会常想起你们，想起南海，想起我们饱经风霜的"海洋十一号"。

1992 年 8 月

# 一个人的战争与和平经历

吴登才1946年入伍，那年他十六岁。

吴登才1968年便是我们团的副政委了，到1979年转业，在副政委任上工作了十一年。

他有许多叫我们这些年轻人钦佩的经历：入伍三个月过黄河，枯水季节，全团每个人抱着个秫秸个子，往水里一扔，河面便出现一条半隐半现的秫秸水漫桥，踩在上面，一颤一颤，便到了对岸。我们防区沿海有众多无比坚固的钢筋混凝土国防工事，每年都要清扫，一次，我们从工事里钻出来，吴副政委问，你们知道这是谁修的？不等我们回答，又说，我参加了。我们问，什么时候？1954年，先是说让我们到朝鲜，都上了火车，又撤销了命令，把我们拉到这里，修了这些工事。我们哑然，1954年，我们中的一些人还没上小学。还有，看过电影《江姐》，我们在值班室里说渣滓洞、白公馆，他淡淡一笑，说，开国大典后一个月，他们部队开进重庆，过磁器口，国民党放的火还在烧。

真正坐下来谈他转业的事情，是今年春末，他来北京看儿子，距他离开部队已经近三十个年头，离他离休的时间也近二十年了。当年精神抖擞的一名中年军人，已是年至八旬的白发老者。

　　1975年1月，邓小平同志任总参谋长，提出军队要整顿，一些军队干部要转业到地方。我还是习惯称他吴副政委。吴副政委说，你记得吧，咱们团的副职有七八个，"削肿"成为一种必然。1977、1978、1979，三个年头，有三批干部转业，这之后，转业干部中便没有战争年代入伍的同志了。

　　1979年转业时，吴登才还不满五十岁。手续很简单，师里一位领导谈了一次话，转业便确定下来。他是河北固安人，1946年入伍时，归山东管，他想回山东安置，政策也允许。但不知怎的，档案却交到了江苏徐州。他只好去报到了，职务是徐州下辖的一个县的计委副主任。记不清发了多少转业费了。搬家，是团里用卡车送的，全部家当没装满一车。老伴儿随军后就跟他一起在我们团驻地的新华书店工作，她不习惯新的地方，孩子也不习惯这个新地方的学校。工作了几个月后，吴登才去了一趟徐州专署，那会儿，地区一级政府不叫市，叫专员公署。进大门前，他犹豫了一下，不认识人，刚转业就提个人要求，组织会怎样想？犹豫归犹豫，他还是进去了，并叩开了专员的办公室。

　　没多久，调动通知就到了。就这样，他回到了原在部队所驻的那个小县城，在财政贸易办公室当副主任，行政级别是副科。这一当，就是十年，直到他离休。1965年军队取消军衔，评定行政级别，给他定的是十六级。后来调到十五级。离休时，在他的职务级别后面有个括号，括号里有七个字：享受副处级待遇。

刚到地方，一切都是生疏的。国家结束了动乱，跨入新的历史时期。思想要解放，观念要更新，机构要调整，队伍要整顿，每天都会遇到新的问题，每天都要去处理因为变革触发的各种关系、利害的冲突与矛盾。吴登才说，不懂就学，先当小学生，向懂业务和熟悉工作的同志学。财贸系统有十六个单位，包括工商管理、税务、粮食、商业、银行、金融……那些日子，他每天都在这些单位转，人家有空，他就听人家讲，人家没空，他就在一旁看。全系统的人都熟悉了他，说他是"挺随和"。"挺随和"的人也有执拗的时候，他接手组织全县的"清仓查库"，按现在的说法，就是"查验国有资产"。说单位不配合，人家对他们的到来，热情有加；说单位配合，可大多磨磨叽叽，不愿意把家底子一下子亮开。吴登才说，配合也好，不配合也好，他从不着急，更不训人，只是一次又一次地说清道理，讲明原委，国家要改革，单位要发展，不弄清家底子，怎么改革？怎么发展？一次次地去，一回回地讲，被查验的单位没了脾气，表格上的，表格外的，全呈现在吴登才面前。

吴登才说，真费劲。他至今仍不能明白，资产是国家的，怎么一清查，就像抄他们自己的家底子一样，藏着、掖着。这项工作进行了一年，"清仓查库"的报告摆在了县政府的会议上，这份报告为这个县此后的改革与发展，提供了大量翔实的具有说服力的数据。县长、书记说，老吴，你为县里做了件大事。

日子过得真快，十年一晃就过去了。如今离休都快二十年了。说这话时，吴登才的语气里，带着些许遗憾。时间与生命相博弈，筹码便是事业的成败得失。每个人几乎都有这样的经历，再猛力攀登，即可立足峰顶，可是，却必须在一个高度前停下来，将手中的火炬传给后人。这就叫继往开来。

吴登才说，他对个人的上下高低看得很轻、很淡。他让我看腿上的两处弹伤。那是在一次阻击战中被炸弹炸的，简单包扎了一下，在高粱地和谷子地之间跑了二里多地，血流得太厉害，终于，瘫到地上起不来了。一个胳膊负伤的战友架着他，又走了一段路，遇上了担架队。到医院换药时，伤口已经生蛆。他说，自己命大，腿保住了，只是阴天下雨，伤疤便痒痒的，隐隐作疼。我轻轻抚摸那两块伤疤，那是凹进去两个小坑，能放进一个核桃。

1947年4月打汤阴，他们在城外挖通了一条地道，从地道里进入城里，不料，被敌人围在一所院子里。战斗打得十分惨烈，双方伤亡都很大。天亮前，他们决定突围，冲出小北关天就亮了，敌人又紧追不舍，大家翻身倒在城边的壕沟里。壕沟里全是尸体，是进攻跨越这条壕沟时倒下的战友。他们便趴在尸体上。敌人在沟边上转悠了一会儿，大概把他们也当成了死人，便离去了。白天不能行动，一动敌人就会发现。到了晚上九点多，沿壕沟进来一支小分队，是自己人。在小分队的指引下，他们回到原来的出发地。从地道进去时，他们是几十个人，出来的，只有几个人。

鲁西南战役中羊山集一战，他们连二百多人，战后点名，能站起来答到的只有八个人。说这些话时，吴登才眯起那双饱经风霜的眼睛，然而，止不住的泪还是从眼角流了出来。

顿了一会儿，吴登才又说，参军时，他们一个村出来八个年轻人，伤的伤了，死的死了，健在的，只有他和另一个转业在南京的同志。说这话时，他的眼睛又湿了。

如今，吴登才和在那座小县城里生活的所有老人一样，早上，到河边走走，上午，带着老花镜看当天的报纸，也回忆那些挥也挥不去的往事。他说，想战争年代的往事，心里不好受，沉沉的，压得慌。

　　告别时，他非要送我一段，八十岁的人了，走路依然脊背笔挺，脚落地也很扎实，路上人很多，他们不认识眼前的这位老人，更不知道他的不凡经历。

2007 年 6 月

# 铁马冰河入梦来

### ——记原北京军区政治委员刘振华将军

刘振华将军，山东泰安人氏。泰山的巍峨挺拔，给了他果敢刚毅之性格，八十六岁高龄，耳不聋、眼不花，坐如钟、站如松，说起话来，不仅条理层次分明，而且底气十足——这是个标准的老资格军人。交谈中，将军站起来接了两次电话，只是在这时，你才感到沉重的岁月使他的脚步显得略有些迟缓。我上前要搀扶他，将军摆摆手。那手势，敏捷利索，让你对他的身体健康程度不容置疑。只此一点，便可以想象其当年号令千军之英风帅气。

将军原名不叫刘振华。因排行第三，祖父起乳名"三棒"。1931年，将军十岁，村里办起一所国民小学。祖父送他上学，央先生为之起名。先生端量一番，说："我看这孩子能有出息，大名就叫培一。""培一"，千万人里培养出一人之意。这个少年果然被先生言中，五十多年后，千万军中挑一，成为共和国的一位上将军。

**176**

1938 年 3 月，春雪刚融，冷军把家里的水缸挑满后，惴惴不安地对母亲说："娘，我要到咱们队伍上去。"母亲知道儿子说的队伍就是八路军，没说二话，从箱子底拿出三块银圆，递给儿子，说："带着吧，路上做个盘缠。"将军一行五人在中共地下党组织的秘密联络员李正育的带领下，来到八路军的一个联络站。入睡前，将军萌生改名之意，一为表达振国之志，二为避免家人受累。另四人问："改什么好？"将军说："打日寇，就是为了振兴中华民国，'振'字在中间，以'兴中华民国'五字为我等之名如何？"众人同意，因是将军提议，故让将军先选，将军择了一个"华"字。第二天，他们到了山东人民抗日游击第四支队，"刘振华"三个字端端正正地写在司令部特务连的花名册上。

将军一生，可谓临百战不减其勇，历万事更见其智。

1940 年秋，日寇对泰山和沂蒙山进行"扫荡"。八路军山东纵队 1 旅先是转到外线，避开敌人锋芒后，又转入内线，展开战役反击。一日拂晓，部队至蒙阴县一个叫淤土地的村庄，突遭敌人合围。副旅长廖容标腿部中弹骨折，无法行动。眼见敌人包围圈越来越小，廖容标随时可能落入敌手。危急关头，将军率他的 2 营赶到，见状，吩咐副营长胡念筠背副旅长先撤，自己担任掩护。敌人穷追不舍，将军和他的战士且打且退，周旋了五里的路途，终于甩脱敌人追击。副旅长被安全送到大崮山养伤。廖容标，江西赣县人，1929 年参加工农红军，1939 年从延安到山东参加领导抗日武装斗争，1955 年被授予中将军衔。廖容标曰："不是碰上刘振华和胡念筠，我早见马克

177

思了。"

1948 年年初。辽西。文家台。

担任团政委的将军和团长苟在松率 20 团猛虎般插入敌人纵深，协同兄弟部队全歼国民党"王牌"新 5 军。该团 1 连突击排长李永锋活捉新 5 军中将军长陈林达。血战刚止，师政委李伯秋来到文家台，见刘振华非但不喜而在号啕大哭，惊愕不解。问之，方知道他们团抓的陈林达，被兄弟部队抢走了，刘振华去理论，兄弟部队竟把他也给看管起来。将军说，他们这个团有两个营伤亡过半，活捉了敌军长，却被抢走了，他无法向全团交代。正说着，纵队司令韩先楚也来了，李伯秋向韩先楚汇报俘虏陈林达的情况。韩先楚说："小事情，不值一争，都是共产党、解放军，打了胜仗就好嘛！"审问陈林达时，陈林达说："从南面突进村子的那个团实在厉害，逐屋争夺，逼得我把血本都拼光了……"从南边突进来的那个团就是 20 团。战斗总结，兵团和纵队首长在通令嘉奖中特别指出，20 团在夺取文家台全歼守敌的战斗中，发挥了重要作用。该团有两个连队被授予"战斗英雄连"称号。将军在此后不久，被任命为 3 纵 7 师政治部主任。是年，将军二十七岁。

将军客厅悬有一副对联：丹心扶社稷，铁骨护山河。书家笔力遒劲，开合大气，字间透着一种浑然与苍茫。这对联可谓将军戎马一生的生动写照。与将军交谈那日，阳光极好，那对联裱糊为丈许条幅，阳光里，闪烁耀眼光彩。

将军一生，铮铮铁骨，足迹踏遍长城内外大江南北。东北全境解放后，将军先参加平津战役，后参加渡江战役，再解放武汉，鏖战衡宝，进军两广，而后，直捣雷州半岛。

1950年1月10日，正在苏联访问的毛泽东电令四野："争取于春夏之交谷雨前后解决海南岛问题。"40军、41军立即投入渡海作战的准备中。将军时为40军118师政治部主任，奉军长韩先楚之命，率领一个加强团先行潜渡。与将军共同率队的，是刚在北京参加完全国政治协商会议的琼崖纵队副司令马白山。3月26日，太阳落山后，船队启程，午夜时分，天空出现敌人夜航飞机，海面上出现敌人巡逻舰艇，探照灯把海面照得雪亮。

至今说起此事，将军还说，要感谢那场及时降下的大雾，老天爷帮了一个大忙，雾重，敌人没能发现他们。但船队在浓雾中航行，相互联系也发生了困难。有的人主张继续前进，有几条船，上几条船。有的人担心船队走散，难以保证在预定地点一起登陆，影响战斗力。将军果断决定："只能前进，不能后退，单船也要敢于登陆，登陆后到五指山区会合。"但下面的航程则让将军无比尴尬——指挥部一次次来电催问船队位置，他们弄不清自己到底在什么方位，只能笼统地回答在海上。直到天水之际透出一片亮光，前方响起枪声，将军才在心里说，到岸了。这时，靠近将军指挥船的只有三只船，兵力加起来也就是二百来人。敌众我寡，形势紧急，而等待，面临的则是更大的伤亡。将军当即决定，带领这二百多人强行登陆。离海岸二十多米时，部队跃身下海，冒着敌人密集的火力，炸毁了一个地堡群，硬是把海岸线撕开了一道口子。后续船只陆续赶到，登陆战打得火爆激烈，我方伤亡也很严重。将军在玉包港集结起五十多只船，收容漂浮在海上的战士，然后，甩脱岸边守敌，直插五指山，去与比他们更早潜渡的先锋营和琼崖纵队会合。

自 3 月 27 日凌晨起，设在雷州半岛的 40 军指挥所的电台，便再也呼叫不到将军。而将军因报务员牺牲，电台被炸毁，与军指挥所无法联系。孤军敌后，更见将军胆识睿智。上岸后，他们在敌人三个团的包围中，连打带突，杀出一条血路。四天后，在预定地点美厚村与先锋营及琼崖纵队胜利会师。旋即，向指挥所发出登陆后的第一份电报。军首长复电："祝贺你们获得关键性登陆的胜利！"读完电报，将军泪涌眼眶。4 月 16 日，我军大部队登陆海南，刘振华率部与琼崖纵队的三个团共万余人，抢占海口以西的制高点临高山，利用刚夺得的六门美式重炮，猛击敌军的滩头阵地。敌人被炸得晕头转向，我军趁势登陆，横扫残敌。5 月 1 日，海南全岛解放。

部队班师海口，于琼山县长泰村，将军见到琼崖纵队司令员兼政委冯白驹。将军紧握这位 1927 年领导海南武装起义以来在艰难困苦的环境中率部坚持斗争了二十三个春秋的人民英雄的手，高山大海般的感慨与敬意，都在他献给冯白驹的那杯浓浓的醇酒中了。


将军的战争经历不仅壮丽，而且传奇。

抗美援朝战争第五次战役后，彭总与金日成商定，组成一支中朝联军游击队，深入"三八"线以南，建立游击根据地，为第六次战役发起做准备。将军被任命为中朝联军游击支队队长。接到命令，将军即带一个侦察排赶到志愿军总部。在一座矿山废弃的矿洞里，志愿军副司令员邓华、韩先楚，参谋长解方，政治部主任杜平，亲自向他交代任务。

游击支队由志愿军的四个中队和朝方的两个中队组成，共三千余人。除任支队长的将军外，副支队长兼参谋长是中方人员；政治委员和另两位副支队长是朝方人员。这样的一支队伍，在我军作战史上尚属首例，作为游击支队的主要领导人，将军深知任务的重要和完成任务的艰难。异国异域，人地两生，再加上敌特进犯，土匪袭扰，此行一旦失算，个人生死事小，影响整体部署事大。受领任务后，将军即将脑袋埋在即将前往地域的沙盘中。

由于从1951年7月10日开始，美国被迫参加停战谈判，中朝军队原定于8月发起的第六次战役随之推迟，将军的游击支队始终处于整训待命之中。9月下旬的一天，韩先楚召见将军，让他率游击支队，立即跨过"三八"线，到地处西海岸的翁津半岛去。那里是李承晚的老家，1950年，李承晚军队在那里残杀过数千名群众。人民军虽有一部固守在那里，但因力量不足，匪患严重，李承晚军更是经常袭扰，把当地群众裹挟至南方。韩先楚交代，他们的任务就是要在这一摩擦地带配合人民军站住脚跟，打击敌人，稳定局势，等候时机。

进入翁津半岛后，将军以两个中队的兵力扼守海岸线，抗击和消灭偷渡之敌。另以两个中队的力量，围剿游窜在山间的匪徒。在帮助群众开展生产的同时，对抓来的俘虏集中轮训，交代政策，揭露美国军队和李承晚军的罪行。经过教育，被俘人员大多主动配合游击支队，说服藏匿山中的匪徒下山自首。至12月，军事围剿和政治瓦解双双奏效，翁津半岛上的匪患全部肃清。

1952年3月的一天，将军被召回志愿军总部。当晚8时许，将军刚被引进一个山洞口的会议室，彭德怀、邓华、韩先楚、陈赓、宋时轮、甘泗淇、解方、杜平等总部领导以及中朝联军朝方的朴一禹副政委便依次进来。彭总握住将军的手，说："很年轻嘛！"之后，拉了把椅子坐下，汇报随即开始。将军每汇报一段，彭总都赞许地点头或插话，夸赞他们政策掌握得好。随后，彭总开始讲话，他在总体分析了朝鲜战场的形势后，说道："阵地战的战争形式一天天明显，大踏步进退的运动战机会已经日益减少，因此我们要贯彻持久的积极防御方针，打好阵地战。"至此，将军已经明白，第六次战役不会再进行，他在朝鲜打游击的任务也要终结了。

1952 年 4 月，中朝联军游击支队撤销归建前，将军调出，任 40 军 120 师师长。一支三千多人的队伍，越过"三八"线进行游击，无疑是一个伟大的战争手笔，若第六次战役展开，这支队伍必将搅起翻江倒海的波澜。笔者翻阅朝鲜战争史料，没有看到关于将军和他的游击支队的记载。一幅巨幅的战争画卷没能由将军亲手描绘，这是中国军人的遗憾，还是朝鲜战场的遗憾？

中华人民共和国成立后，陈毅元帅出任国务院外交部部长，有元帅外交家之称。将军也有过数年的外交工作经历，曾任我驻外大使、外交部副部长之职，亲历涌荡诡谲之外交风云，故有将军大使之称。

1970 年 5 月，沈阳军区司令员陈锡联要时任军区副政委兼旅大警备区第一政委的刘振华回军区接受新任务——去阿尔巴尼亚当大使，而且容不得他商量："中央已经决定，并告诉我放人，不能讲价钱。"11 月，阿政府同意将军前去担任大使，将军赴北京到外交部报到。春节后，周恩来总理在西花厅接见将军。总理说："选你去阿尔巴尼亚当大使是合适的，主席也同意了。搞外交，和打仗一样，一面干，一面学。"总理指示说，做好对阿的工作，是当前我国外交工作的重点之一，要使馆人员注意坚持两党两国两军的原则，不要讲人家小，更不要讲人家穷。将军向总理表示努力完成任务，一定不负使命。2月初，乘法国航空公司的飞机离京赴任。

到1976年7月将军回国担任外交部副部长，他在巴尔干半岛工作了五年多。其恪尽职守，勉力工作，一百二十亿人民币的多项援建工程，完成了九成。作为全权代表，将军和希腊代表进行了关于建交事宜的谈判，并于1972年6月，在地拉那中国大使馆签署了中希两国正式建交公报。特别是到任仅半年，便向国内汇报，就我国援阿项目过多过热的问题提出了自己的看法。这种属于军人的敢于直谏、勇于负责的作风，得到了周恩来总理的高度赞赏。


院子里已有客人等候，那是中国贫困地区文化促进会的同志们，来向将军汇报工作，离休后的将军，实际上一刻也没有停下来，仍然是"金戈铁马，气吞万里如虎"，只是长缨指处，是另一片山河而已。

我向将军敬礼告别。


"铁马冰河入梦来！"将军，今夜梦中，你又在哪一片战场上驰骋？

2006年10月

# 戈壁腾龙

——记原国防科工委副主任张蕴钰

张蕴钰将军站在高达一百多米的钢塔上，茫茫戈壁，辽阔而浩瀚，太阳很好，蓝天洁净，有轻微的风，柔柔的，掠过面颊，让心里生出无限的清爽来。将军是刚刚乘吊篮登上钢塔的，清除了身上的静电后，他进入了爆室，试验部的几位技术专家正在安装雷管。显然他们都有些紧张，这从他们的神色和略有点儿颤抖的手便可以看出来。将军想和他们说点儿什么，说什么呢？这已经是核爆前最后一道程序了，准备了多少天，预演了多少次，语言在这一时刻显得太苍白了。然而，他还是说了，而且语出惊人。那句话无论什么时候看，都特别悲壮，特别无畏。将军说："本司令在给你们壮胆，主控站的钥匙就在我的口袋里，我不下去，谁也合不上电闸。万一发生意外，就让我们一起为中国的首次核试验做太空葬吧！"

在玉渊潭公园北侧的一处住宅里，年已九旬的将军很轻松地与我说起四十多年前他说的那几句话。说完，将军一笑，顺手点燃一支香烟，很快，缭绕的烟缕便在洒满阳光的客厅里，幻化为各种各样的线条，舞蹈着，腾绕着。

1964 年 10 月 16 日上午，身为中国核试验基地第一任司令员的张蕴钰，按"首次试验委员会"的分工，在接起爆雷管时，携主控站的钥匙上塔。现在，核爆装置安装完毕，人员即将全部撤出，将军取下爆室墙上那张操作规程，在上面郑重地写下："1964 年 10 月 16 日，张蕴钰。"而后，乘吊篮下塔，回到地面，将启动原子弹爆炸的主控站钥匙，交给了负责主控站工作的张震寰将军。

14 时 30 分，试验总指挥张爱萍副总长下达了试验命令，取样飞机进入指定空域，所有人员撤到安全线外的指定地带，准备进入爆区的核侦察分队和装甲车辆展开至出发位置……随即，主控站发出指令，进入自动程序，开始倒计时……然后是起爆，是三秒钟的强烈闪光，是一声巨响，是腾空七千米至八千米高度的巨大的蘑菇云……再之后，便是张爱萍向北京守候在电话机旁的周恩来总理和聂荣臻元帅报告："原子弹爆炸成功了！"便是毛泽东主席说：原子弹就是这么大的东西，没有那个东西，人家就说你说话不算数……

关于我国第一颗原子弹起爆的情况，人们已经十分熟悉，进入互联网，敲击"中国核试验"几个字，便可给你提供数不胜数的文章和作品，让你尽享阅读的快感。而我，凝望着坐在硬木座椅上雕塑一般的将军，却感到历史在这一刻似乎凝固了。凝固了的历史，让我们今天的人，真切地感受到岁月的悠长与沉重。

1958 年八一刚过,刚由第 15 军参谋长调任第 3 兵团参谋长的他,接到在北京开会的三兵团副司令员曾绍山的电话,让他立即到北京去。将军在回忆文章中写道:"我于第二天由大连乘火车到达北京。当晚,即由曾副司令带我到灵境胡同 41 号去见陈赓副总长。到了那里还没坐稳,陈副总长就对我说:'张蕴钰,叫你去搞原子弹靶场,这是我推荐的。好好搞,建设好了交给别人,可以吧?'我回答说:'好,服从命令!'总共这么几句话,就将我的工作和生活引上了一个新开端。"

10 月 2 日,将军走马上任,在西行的列车上咣当了好几夜,抵达敦煌。这之后直到第一颗原子弹爆炸成功,将军的经历可以写成一部大书。

满书珠玑,只择其一:

将军听取了勘察选场的情况汇报,看了已经选定的靶场区,顿生疑窦:怪不得试验场区的设计指标仅为二万吨 TNT 的当量!这里距敦煌只有一百多公里,百里之内没有水源,地质条件也不好,若将试验场定在这里,后果又当如何?将军没有对汇报表态,而是亲自再行勘察。勘察完了,将军的意见也形成了:另行选场。回到北京,将军向工程兵司令员陈士渠、总参军务装备部长万毅做了汇报,随即,又在陈赓主持的办公会议上再做汇报。陈赓大将快人快语:"那里不好,你们另找一个吧。"将军赶回敦煌,组织队伍,准备行装,从敦煌西行,最后把目标定在了罗布泊。

说起往事,将军饱经风霜的脸上仍闪动着无比的兴奋。"……孔雀河的水日夜流入罗布泊。在入泊口,河两岸生着柳树、芦苇……我们尽情地洗了个痛快澡,连汽车上的尘土也洗刷干净了。当晚,我们宿营在罗布泊，次日乘兴逆河而上，继续勘察。西行百余里，目测一下这片大戈壁滩，起伏不大，基本平坦。我们选了一个中心点，再分别向东南、东北、西北、西南各个方向踏勘地形地貌。结论是：这里完全适合建场条件。我们郑重地就地打下了一根木桩，选定了我国核武器大气层试验靶场。"

事隔四十多年，时间已经滤去了今天的人们无法想象的艰难困苦，剩下的多是传奇与神秘了。1999年10月的一天，我曾驱车前往第一颗原子弹爆炸的爆心。四野茫茫，戈壁无垠，天空没有一只飞鸟，远处依稀可见的山峦透着一抹淡淡的土黄。陪同的同志说，不久前，影片《横空出世》刚在这儿拍竣，由李雪健饰演的男主角便是以张蕴钰将军为原型的。站在这因一朵蘑菇云改变了世界力量平衡，铸造了属于中华民族自己的和平筹码。那一刻，我想到的是最早来到这荒原上的人们，想到的是他们当年留下的足迹。张蕴钰将军和第一代的创业者，功高盖世也。

《横空出世》首映，将军为避开媒体和好奇的观众，直到开演前，才走进剧院。然而，剧组的编、导、演人员，一直站在大厅迎候，李雪健和导演陈国星一边一个，搀扶着他在剧院里坐下。当镜头再现当年的艰苦情景时，将军落泪了。他的身旁是《中国青年报》的一位年轻女记者，她一直凝望着将军，电影都没怎么看。她没有问将军何以热泪盈眶，只是凝望着。第二天，在见诸报端的消息上，她如实地写下了将军的眼泪。

将军晚年时常提及自己经历过的三件事情：一是上甘岭战役；二是第一颗原子弹爆炸；三是复职后参与的号称国防科研"三大战

187

役"的"三抓"任务，即洲际导弹全程试验、潜射导弹试验和第一颗通信卫星发射成功。但是，那天交谈，将军都没有更多说及。将军年迈，九十岁的人，如一棵遒劲的古柏，繁枝茂叶褪去，兀立旷野的只是苍劲的树干了。

朝鲜战场经过五次战役后，战线推至三八线附近。志愿军采取"持久作战，积极防御"的方针，利用多山的地形，构筑坚固工事，巩固运动战中取得的成果，以迫使美军尽早结束战争。1951 年，停战谈判开始进行，就此出现了长达两年零一个月的战略相持局面。其间，打打停停，边打边谈，政治外交与军事斗争交织进行，著名的上甘岭战役就是在这一时期进行的。

1952 年 4 月，彭老总在桧仓召开志愿军军以上干部会议，决定将作为战略预备队的第 15 军调往中部战线，接替 26 军，在五圣山、斗流峰、西方山一线防御。彭总对秦基伟军长说："五圣山是朝鲜中部的关键，失去了五圣山，我们在两百公里范围内将无险可守。谁丢了五圣山，谁就要对朝鲜、对历史负责！"张蕴钰时任第 15 军参谋长。

上甘岭在五圣山南麓。1952 年 10 月 8 日，美军开始实施由第 8 集团军司令范弗里特拟定的"金化攻势"，企图攻占上甘岭两侧的 597.9 和 537.7 两个高地，夺取五圣山，迫使中朝军队后退，以造成美韩在谈判中的有利地位。14 日，美 7 师、韩 2 师各一部，在火炮、坦克、飞机支援下，分六路向我两个高地进攻。防守这两个高地的我 135 团 9 连和 1 连依靠步兵武器，利用坑道和野战工事顽强抵抗，战斗异常激烈。争夺，反争夺，你进我退，我退你进。表面阵地昼失夜复，曾有十六个连队在表面阵地失守后退入一条坑道，其困难程度可以想见。

上甘岭战役打响后，张蕴钰将军陪同周发田副军长上五圣山，听到关于黄继光的英雄事迹后，当即给兵团、志司和中央军委起草电报。将军一边写一边流泪，当写到"敌人的机枪喷射着火舌，攻击部队受阻，黄继光毫不犹豫地扑上去，用自己的身体挡住枪眼"时，再也控制不住自己的感情，成串的泪水滴在电报纸上，周围人员无不唏嘘。

上甘岭战役进行到第九天，也是打得最残酷的时候，兵团副政委杜义德打电话给张蕴钰，说："你到上甘岭去，抵近指挥！"张蕴钰放下电话便上了阵地。

张蕴钰将军熟读兵法，善于思考，做事任劳任怨，待人真诚豁达。出国前，曾立下"不上英雄簿，便书烈士碑"的誓言。上阵地后，张蕴钰深感与敌人打炮战、打消耗战，打不起，运动中伤亡大，坚守表面阵地伤亡更大，最好的办法是暂时转入坑道。这样，可以避敌之锋锐，扬我之优长。白天坚守，夜晚出击，消耗与疲惫占领我表面阵地的敌人，以创造条件实施反击，进而收复表面阵地。兵团批准了坑道作战方案，部队遂进入坑道坚守。

美军为了巩固已占阵地，对我坚守坑道的部队采用了封锁、轰炸、爆破、熏烧、堵塞等各种手段。正在休整的第12军被调往五圣山地区作为战略预备队，接替除597.9和537.7两个高地以外的全部防务。10月30日，战役到了最后阶段，15军45师的五个连，在强大炮火的支援下，开始了逐个夺回已失阵地的战斗。美军当然不甘退却，集中美7师、韩9师和哥伦比亚营，每日以一个营至一个团的兵力，与我反争夺。战斗每天都处在白热化中。

11 月 12 日，敌人以一个团的兵力向 537.7 高地北山阵地反扑。我主力部队立即投入战斗，打退敌人反扑。敌人由于伤亡严重，进攻基本停止。至 25 日战役胜利结束，四十三天间，敌人逐次投入兵力达六万余人，向仅 3.7 平方公里的阵地发射炮弹一百九十万发，投掷重磅炸弹五千余枚，山头被削低了两米。是役，我志愿军指战员以英勇顽强的战斗作风，打垮了敌人数百次冲击，歼敌两万五千余人，彻底粉碎了敌人所谓的"金化攻势"。

今天，将军概括上甘岭战役，只用了一句话："难，但是我们胜利了。"

战争是人类最残酷的行为，也是人类智慧最充分的反映。作为前沿阵地最高指挥者，将军在战役中的压力重若磐石。上甘岭战役创造了一系列的战法，最著名的便是"坑道战""冷枪冷炮""决定性反击"。而这三种战法，都是张蕴钰最先提出来的，但将军却很少言及。

当时，美国新闻界报道，称上甘岭是朝鲜战场上的"凡尔登"。我想，若范弗里特和将军晤面，他们会说些什么？如今，他们都已经成为历史人物，而历史人物是人类跋涉途中的灯盏，照亮的，是前面的路。


"文化大革命"的风浪没有因为核试验基地天偏地远而稍有减弱。张蕴钰先是被批斗，再是被隔离，最后，被赶到五七干校劳动去了。

1974 年国庆节后，张爱萍复出再任国防科委主任。他制定了一个即便今天看来仍称得上宏伟的科研、试验规划：1977年拿出洲际导弹，1978年拿出潜射导弹，1980年拿出通信卫星。其中重中之重的是射程为八千公里的洲际导弹。张爱萍千呼万唤，1975年10月，已在沈阳军区司令部任副参谋长的张蕴钰，又回到了基地，职务是国防科委副主任兼核试验基地司令员。

然而，张爱萍的宏伟规划却因为愈演愈烈的"反击右倾翻案风"被搁置起来。

1977年，任副总参谋长兼国防科委主任的张爱萍获得政治上的彻底解放。他做的第一件事就是要把在1975年被搁置起来的科研、试验规划，重新摆在议事日程上。被这一规划振奋起来的科研和试验工作者，先是把规划简称为"三抓"，因为张爱萍强调要"抓住不放，抓住时机，抓紧时间"。后来，人们干脆称其为国防高科技的"三大战役"。

出征点将，中央军委任命张蕴钰为国防科委副主任兼参谋长。上任后的张蕴钰，面临的最紧迫任务，就是如何贯彻军委意图，带领机关，打好"三大战役"。

那时，"四人帮"刚被打倒不久，百废待兴，每一件事情都得从头做起，方案报上来，往往意见分歧很大，有的方案六次常委会都没能通过，直到第七次，才勉强把意见集中起来。对执行中的细节，更是分歧重重，弄得机关办事人员十分为难。而这所有的分歧与矛盾，都要集中到司令部来，要参谋长来进行协调。将军有自己的办法，常常是，当办事人员夹在中间的时候，一向善于思考的张蕴钰，会把办事人员叫到自己办公室，陈述自己的意见后，说："我是参谋长，你们听我的。"就这样一句话，使办事人员从困境中解脱。于各种意见中，能拍板，敢拍板，靠智慧，靠果断。然而，拍板后，持不同意见的人都能认同并执行，不光要协调得法，更重要的是对问题一针见血折服众人的认识深度和解决方法的科学与合理。将军任参谋长，不是一句"称职"了得，将军把参谋长这一职位的能量与技巧发挥到了极致。

并不是所有的事情都能靠果断拍板解决。一次讨论"580"任务控制中心建在哪里最好，通信部和作试部发生了严重分歧。会开着开着，持不同意见的人争吵起来，会议室变成了火药桶。将军不温不躁，说："你们去一趟厕所。"争执的人一愣，但还是去了。回来，情绪也平静了下来。上厕所是一个过程，为的是降一下彼此的温度，再坐下来，讨论就平和多了。

潜艇水下发射，将军亲自到海军试验基地检查准备情况。听完汇报，提出到将来发射导弹的潜艇舱内看一看。张蕴钰身体微胖，舱内的通道很窄，一般人都要侧着身子。陪同人员说："舱内通道窄，首长就不要下去了。"将军说："导弹要从这艘潜艇里发射，不看，心里没底。"坚持下舱，陪同人员皆跟随下到艇舱。1982年10月，核潜艇水下发射运载火箭成功。整个过程，将军都坐在北京指挥所里，其面色平静详和，风云涌荡，尽在心中。

向南太平洋发射洲际导弹，在海上执行测量、打捞任务的科考船，要在第一时间把所有数据传到卫星测控中心，测控中心的计算机要装入一个密码卡才能显示。发射前一次合练，因为没有安排岸船之间的程序内容，基地没有参加，保管密码卡的同志也就没有把密码卡交给测控中心。合练展开后，数据程序联不通，出现严重缺陷。

将军大怒。分管测试的领导试探将军如何处理，将军说："处分！"

按一般理解，最轻也得是警告，弄不好得记过。没想到张蕴钰接下来却说："你出飞机票钱，让他马上亲自送到测控中心，明天坐火车回来，不准买卧铺。"

分管领导长吁一口气。将军待人，严，严之有据；宽，宽之有理。

机关的参谋人员说："司令部真正领导和组织试验部队的试验、行管工作，是将军来了以后开始的。"

机关的参谋人员还说："将军把指挥打仗的那套规律灵活地应用到组织指挥国防科研试验任务中来，处处体现出战争年代指挥员的风范。

将军认为："司令部必须理顺国防科委与各试验基地的组织指挥关系，由协调组织工业部门的事情转到组织指挥试验部队的试验工作上来。"

"三抓"任务完成了，将军三次上书时任国防科工委主任的张爱萍，请求离休，把位置让给符合"四化"条件的年轻同志。他说，为国家做了应该做的事情，心里很满足，也很坦然。


交谈中，将军让工作人员拿来一帧一尺见方、镶在一个精致的镜框中的题词让我看。那是著名核物理学家程开甲为将军九十寿辰写下的贺词：德高望重，一生功勋。落款时间为 2006 年 1 月 12 日。

我对将军说，几年前曾看凤凰台播出的一部专题片，片中，程开甲道："文化大革命"中，白天指挥试验，晚上接受批判。一次讨论试验技术方案，因坚持自己意见，造反派一片打倒声。时任国防科委副主任兼试验基地司令员的将军斩钉截铁地说：技术问题听老程的。如此，程开甲的正确方案才得以实施，程开甲时为试验基地副司令，片中有将军面部特写，一脸沧桑，叫人顿生无限敬意。

我问将军，可记得那是什么时候接受的采访？

将军摇头，说，不记得了。

2006 年 8 月

# 历史的记录者

——记原解放军艺术学院副院长赵鹜

　　1957 年 8 月 1 日，中国人民解放军建军三十周年之际，《人民日报》以一个整版的篇幅发表了一篇题为《跟随毛主席长征》的文章，作者署名陈昌奉。这篇文章是中华人民共和国成立以来第一次在媒体上以个人署名，对毛主席在长征中的经历进行回顾，自然十分引人瞩目。更难得的是，作者的身份是毛泽东长征时期的警卫员，文章的语言质朴无华，情感真挚亲切，读来，如轻风拂面，如星闪云飞，如琴声铮铮，如溪水潺潺。二十多年前那场与人类发展史上的任何一场大迁徙都毫不逊色的万里长征中，中国共产党人和她的领袖们所表现出的超然勇气与卓绝智慧，特别是毛泽东真实感人的形象，折服了所有的读者，让他们扼腕，让他们惊羡，让他们叹服，让他们读完后久久不能从作品提供的情景中走出，以至惶惶然好像也走完了那迢迢征途，自己也成了万里长征的亲历者。

　　不久，近五万字的《跟随毛主席长征》全文由《新观察》杂志

**195**

连载，单行本由作家出版社出版发行。作品在全国引起轰动，被多家报刊选载、连载，并且译成各少数民族语言出版，外文出版社也以多种文字将这部作品介绍至国外，大中小学的语文课本也都选了不同的章节作为教学内容。

回到《人民日报》上来，那篇文章除了作者署名外，文后括号中还有一个署名：赵鳌笔录。只不过，因为位置，这个笔录者的名字很自然地被人们忽略了。但是，中国的文学界记住了这个名字，中国的文坛记住了这个名字。著名评论家冯牧专为该书写了一篇文章，认为"在许多写得成功的革命回忆录中间，《跟随毛主席长征》是一本别具风格、独有特色的作品"。他还特别提及"文学工作者"赵鳌的名字。赵鳌也由此踏上了漫长的文学之路。那一年，他刚刚二十一岁。

与其他作家不同的是，此后的赵鳌也写过不少的小说、诗歌、散文、报告文学，但更多的是写回忆录，为那些在中华人民共和国成立的过程中浴血奋战、久经沙场的中国人民解放军的将领们写回忆录，如粟裕、杨得志、梁必业、胡炳云等名将，如陈昌奉、赵义昌、沈超等老红军以及众多的抗日战争、解放战争时期参加革命的老战士。这支笔，一握在手，弹指便过去了五十多年。五十多年，他为人执笔撰写了百多万字的回忆录，而他的名字却没有在一篇著作中出现。无论是在军区工作时，还是在总政治部文化部和解放军艺术学院任职时，甚至从离休后迄今，这支笔从来没有停止过它在稿笺上富有韵律的跃动。后来，他自己也成为中国人民解放军的一位将军。再后来，他的头发渐渐稀疏花白，似乎在以此证明流年似水逝者如斯。

我与他相对而坐，听他讲述五十多年前的往事是一个晚上，墙壁上挂钟的秒针咔咔地移动着。我和他都十分清楚地知道，时间在大家都不经意间，已经整整过去了一个时代。

十二岁那年，赵鹜离开抚养他多年的姐姐，独自一人去济南寻找父母。那会儿，离他家乡不远的潍县刚刚解放，溃败的国民党军的家眷，一窝蜂似的沿济青铁路西逃。赵鹜说，他不知道自己怎样走才能到济南，只是听人说顺着铁路往西走就行。而那些家眷们都是去济南的，他便一步不落地跟着，顺手替那些手不能提的女人拿些零碎，如此，她们便施舍一点儿干粮什么的给他。渴了，在路边的河沟里寻点儿水；累了，坐在枕木上歇一歇；困了，靠着路基的斜坡睡一会儿。就这么走了十多天，终于走进了齐鲁大地的中心济南府。

将军说，他是一个有"福"的人，到济南不久，解放军便把济南城围了个水泄不通。他记得清清楚楚，解放军攻打济南的那天，是农历八月十六的夜晚，济南城四周炮声隆隆，硝烟弥漫夜空，让那轮圆月时缺时碎。说到这里，将军点燃一支香烟，烟缕像云团一样弥散开来。将军接着说："俗话说，十五的月亮十六圆，解放军进城的那天晚上，因为枪声已止，硝烟已散，真的是月朗风清啊……"他说到这里时，我呷了口茶，是杭州贡菊，刚咽时有点儿清苦，之后，便是满口余香了。我想，谈及往事，将军是否也心同此境？

转过这一年，春暖花开时节，山东军区文艺训练班招生，赵鹜报了名，只唱了一首《解放区的天》便考上了。没几天，军服便穿在了身上，虽然不太合身，晃晃荡荡的，但赵鹜却十分高兴，因为，一条崭新的道路铺在他的面前。到现在，将军也不知道训练班的领导为什么把他分到了乐队，教他敲木鱼，打锣鼓，拉二胡、提琴，吹唢呐。训练班结束，他被分到了山东军区文工队，成了一名专业演奏员，而且一干就是六年。当然，他也演过戏，跳过舞，说过山东快书。那时，提倡一专多能，将军戏谑自己是万金油，哪儿不舒服往哪儿抹。

1949 年 10 月 1 日，北京举行开国大典，济南的军民也在高歌欢庆。游行归来，文工团会餐，吃的什么，已经记不得了，但记得每人发了一块洗衣服的肥皂、一条毛巾、一包牙粉，据说是宋庆龄慰问解放军的。

在文工团里，还是一个少年的他，处处受到老同志们的呵护。行军，让他少背行装；搭台，让他拣轻的物件拿；下部队演出，男女同志挤在一面大炕上，领导让他睡中间，充当男女之间的"隔离带"。将军说，少年时觉得音乐很深奥，摸不着头脑。倒是诗歌和小说更让他入迷。他经常借些文学作品阅读，不认识的字，就查字典，而且常常读到废寝忘食的地步。这些，都没有妨碍他以乐队队员的身份跨过鸭绿江，在朝鲜战场的冰天雪地里为指战员们演出、服务。从朝鲜回国后，他调到济南军区第四文化干校当了一名文化教员，这所学校的主要任务是为那些富有战斗经验但文化程度不高的干部补习文化。当时，没有系统的教材，赵鹜负责语文课，也不过是选读一些名著名篇而已。赵鹜本身文化程度不高，这就逼着他要付出比别人多出几倍十几倍的努力。将军说，那时候真的是"学以致用"啊。用什么，学什么；学什么，教什么。一个月六十六元的工资，除了吃饭，大多用来买书和订阅报刊了。除了教学，他还点灯熬油地写些散文小说什么的。不到一年的时间，眼睛便近视了。1955 年，他的第一部小说集《手电筒的秘密》由山东人民出版社出版。那年，他十九岁。

1956 年，为纪念中国人民解放军建军三十周年，全军从军区到军、师、团都成立了征文办公室。这是一次具有历史意义的征文，众多刚从硝烟中走到和平年代里的军人们，要通过自己的回忆，为共和国的革命史增添光辉的一页。毛泽东题写书名的《星火燎原》丛书，就是其中的精华。

在部队已小有影响的赵骜，被抽调到军区的征文办公室。他的任务是将收到的稿件分类，写出意见交给领导处理，这时，命运之神将一个巨大的未知数推到了他的面前。一天，他看到一篇题为《瓦窑堡会议》的稿件，作者是昌潍军分区的副司令陈昌奉。赵骜知道瓦窑堡会议在党史、军史上的重要地位，也知道毛泽东的《论反对日本帝国主义的策略》一文就是在这次会议上的讲话，在征文办公室工作的日子，使赵骜对那些闯过了枪林弹雨的老同志充满了敬意。这篇作品虽然只是简单记叙会议的过程，缺少细节，内容空泛，只有三四千字，但从字里行间可以看出，作者对毛主席的生活起居非常熟悉。如果能见一见作者，同他聊一聊，说不定可以挖掘出许多鲜为人知的事情来。如果以一个亲历者的身份，向今天的读者报告毛主席当年的故事，意义肯定非同一般。

赵骜也有一丝顾虑，那就是此前还没有人以个人署名写毛主席的故事，让不让写？怎么把握？都是要认真考虑的。他拿着稿件，向征文小组的组长、后来当了济南军区文化部部长的王汝珍陈述了自己的意见。王汝珍听后，说："你去潍县（昌潍军分区的驻地，现在的潍坊市）一趟吧，和作者聊聊，能帮他改，就帮助一下。"说完，又补充道："快到春节了，先去潍县，然后回家过个年。"

在潍县，赵骛见到了陈昌奉。

陈昌奉，江西宁都人，1915 年出生，1929 年跟着红军上了井冈山。1930 年至 1936 年，作为毛主席警卫员，跟随毛主席参加了五次反"围剿"，走完了二万五千里长征。1946 年从延安分配到解放战争的前线山东解放区。

接下来的几个昼夜，赵骛完全沉浸在陈昌奉的讲述中，烽火连天艰苦卓绝的岁月，在他的心中涌起滔天巨澜，让他无法平静。年根儿底下，他赶回家中过了个年，春节鞭炮的纸屑还没完全落到地下，便匆匆回到潍县，披件大衣，围个火炉，继续聆听陈昌奉那带着浓重乡音、好像永远不会有个结尾的回忆。赵骛被一种创作激情鼓荡得寝食难安、昼夜不眠，没用几天，便写完了八千余字的《跟随毛主席长征》一稿。这是一篇地地道道的回忆录，但也是一篇无论在内容上还是在形式上都称得上全新的回忆录。署名当然是陈昌奉。王汝珍看完稿件后，在文后加了个括号，括号里写上了"赵骛笔录"。王汝珍绝对不会想到，他这一个括号，竟将赵骛此后的文学生涯框定在一个特殊的位置上。

《跟随毛主席长征》一文报送全军建军三十年征文委员会编辑部。很快，编辑部来函告知，此文已报中宣部，中宣部正式通知，此文已经胡乔木同志审阅，胡乔木同志指示，将此文交由《人民日报》发表，《人民日报》发表之前，任何报刊不要刊登。这些，赵骛都是后来知道的。文章报上去后，他和大家一样，继续忙碌地整理其他的作品，直到看到 8 月 1 日的《人民日报》。对于署名，他甚至连文后那个括号看也没看，只是跟着大家一起高兴，为那段不寻常的历史见诸报端高兴，为那段历史见诸报端有自己的一份努力高兴。这与赵鹜待人平易、谦和仁调的处世态度密不可分。20世纪70年代，他在济南军区文化部工作，连办数期文学创作学习班，培养了众多文学、戏剧、美术、曲艺创作骨干，其中一些人成为今天军队与地方文坛上的扛鼎人物。他们的处女作，大多经过赵鹜逐字推敲修订。对于这些，将军很少向人说及。学习班的作品汇集成册，书名分别为《雨涤青松》《沂蒙山高》，由人民文学出版社出版，给那个时代的中国文坛带来一股清风。如今，青松巍巍，育种栽树之人却已雪覆双鬓。

《跟随毛主席长征》发表不久，毛主席到了济南，他对济南军区司令员杨得志说，想见见陈昌奉。陈昌奉见到了毛主席，他们谈了很长时间，自陈昌奉到山东解放区工作，十多年了，毛主席便没有再见到这位跟随他翻越皑皑雪山、走过茫茫草地的淳厚的战士。宾馆的同志还记得，很晚了，主席住的那座小楼灯火还亮着。陈昌奉告别时，主席拉着他的手，一直送到厅外的台阶上。

补充内容出版单行本时，赵鹜再次采访了陈昌奉。陈昌奉几次谈起了那个夜晚。他说，主席和他开玩笑，说，你都当司令了，还能写文章，那文章（指《跟随毛主席长征》）我看了，很好。陈昌奉告诉毛主席，那是一位年轻同志帮我写的，我可写不了那样的文章。毛主席点点头，说，胡长保（毛主席的警卫班长，长征翻越雪山时牺牲在毛主席怀中）没有看到我们胜利的今天啊！说这些话时，主席十分动情，眼睛一直湿润的。

1976年，时任武汉军区司令部副参谋长的陈昌奉安排了自己重踏长征路的行程，这时，他已经年过六旬，行前，他特地请杨得志司令员协调，从济南军区请来赵蓥与自己同行。他希望通过这次重走长征道路，将《跟随毛主席长征》一书再次进行修改。

这是赵蓥早已向往的行程。从接受为陈昌奉修改回忆录的任务迄今，已经过去了近二十个年头，那条镌刻在地球上、如同一条红色飘带一般的二万五千里征程，在他的心中，是世界上最圣洁的路，踏上这条路，就是向中国共产党人追求真理和理想的征程顶礼膜拜。他知道，在那条由生命与信念铺筑的道路上，每一处，都可以找到自己生命的支点，都可以找到引燃自己信念的火种。

他们上路了，加上陈昌奉的警卫员，一行四人走遍了赣南八县后，没有从湖南和贵州入川，而是直接北上到了陕甘。在那些每一处都堪称圣地的地方，他们的脚步常常不忍再挪动，高天厚土之间，有着太多太多的往事、太重太重的情思，牵着他们的心，扯着他们的肺。9月，他们从甘肃南下，到达四川的若尔盖。这时，川北高原凉意已经很重。按他们的计划，先进入草地，走上几天，再继续南下，过红原，翻鹧鸪山，进入成都平原。

对于赵蓥来说，若尔盖的记忆沉重而艰涩，刚到若尔盖，一个让全中国都为之震惊的噩耗传来——毛泽东主席病逝。若尔盖的军政领导担心陈昌奉难以承受如此巨大的冲击，先把毛泽东病逝的消息告诉了赵蓥，与他商量怎样告诉陈昌奉同志。他们是在把医务人员和抢救措施都安排好后，才小心翼翼地说与陈昌奉的，即便如此，陈昌奉仍是当即倒下，不省人事，抢救过来后，他第一句话就是："去北京。"

在北京，在总政西直门招待所里，他整日以泪洗面。赵蓥找到解放军文艺出版社副社长王传洪，王传洪想了想，让陈昌奉以作者的名义，与文艺出版社的同志们一起，瞻仰了毛主席的遗容。

后来，陈昌奉到北京看病，见到了赵鹜。他十分关心《跟随毛主席长征》的再版，一再说，你为我写了这么多年，从来不署名，这次再版，一定要署上你的名字，这是一段历史。

1986年，修改后的《跟随毛主席长征》由解放军文艺出版社出版。一篇最初几千字的短文，最终成为一部近二十万字的回忆录。署名是：陈昌奉口述，赵鹜整理。

如今，陈昌奉同志已故去多年，这本书也成为历史了。

夜渐深，我与赵鹜走在人行道上，他执意要送我一段。我们没有说话，主路上，不时有车辆疾驶而去，漫长的岁月，就是这样从我们身边飞驰而去的啊！告别时，他转过身往回走，我默默地望着他的背影，这是一个军人的背影，也是一个历史记录者的背影，腰杆笔挺，走起来端端正正。

历史记录者本身就是一段历史，要后来人去读，去想。

2006 年 7 月

# 旧　　部

决定以"旧部"为标题写如下文字时，我查阅了几部词典类的工具书，遗憾得很，都没有关于"旧部"的解释。于是想，何必非得找到出处，按自己的解释有什么不可？旧部：旧时之部属也。

我觉得"旧部"这个词，一定是源于军旅，而后被人们推而广之，再后，又被广泛运用在特指上下级、管辖、隶属等诸如此类的关系中。我还固执地认为，"旧部"这个词，还是由军人专用才合适贴切，而且唯有军人，才能感受到这个辞藻无限的内涵与感情色彩。

记得是1971年一个细雨迷蒙的黄昏，在某军区机关工作的茂之君，寄来手抄的陈毅元帅的诗作《梅岭三章》。当读到"此去泉台招旧部，旌旗十万斩阎罗"时，心里顿时如沸如炽。那时，我只是一个入伍不满十年的基层连队干部，那一刻，只觉得有股子豪气在周身翻涌，非大声喊叫出来不可。

连队驻地附近有一口池塘，池塘后面是一片槐树林，再往后，便是空荡荡的海滩了。我一口气跑到海滩上，大声地朗读《梅岭三章》，全不顾细雨把全身衣服淋了个透湿。正涨潮，白色的波浪呼啸着卷上沙滩，又哗哗啦啦地退下。远处，既无帆影，也无鸥鸣。回转身，连队的营房和紧挨着连队营房的村落，都被雾霭掩住，消失在白茫茫的细雨中。

又是一个细雨迷蒙的夜晚，我趴在桌子上，一遍又一遍地抄写《梅岭三章》。那天早晨，中央人民广播电台的新闻联播，播发了陈毅元帅追悼会的消息。虽然连人驻地偏僻，各种消息仍不断传来，人们已经在为共和国的状况而不安。我开始有些明白陈毅元帅诗句的沉重了，虽然《梅岭三章》是陈毅元帅在几十年前坚持赣南游击战争时所写。

到了那个令所有中国人永世难忘的金秋，果然有人收拾起旧时人马，翻开了共和国历史上崭新的一页，民族命运的车轮碾过泥泞，又隆隆作响地向前开进了。

1982 年早春，我在井冈山茨坪、宁冈作短暂停留后，来到大余，沿唐代张九龄修筑的古道登上梅岭。站在岭巅，我想背诵《梅岭三章》，一股子苦涩的悲戚涌过周身。"弹指一挥间"，在诗人的笔下是何等潇洒、何等浪漫、何等大气磅礴，然偌大神州迈出一步，竟需要全民族付出如此巨大的牺牲和努力。

话题似乎扯得远了一些，还是回到"旧部"上来。"旧"字跟"新"相反，组词则有陈旧、破旧、旧情、旧址、旧居、故旧、念旧，等等。旧部固然有交谊的意思，但军人使用这个词汇，意义和一般人有很大的不同，他们往往相互并不熟识，仅仅因为曾经为一支部队的番号所辖，便演出了一幕又一幕动人的故事。

"文化大革命"期间，一位朝鲜战争中曾在美军战俘营备受折磨的前志愿军战士，一路乞讨来到西南某市。他是实在不堪再在家乡忍受造反派无休无止的批斗侮辱才逃出来的。此时的他疲惫不堪，衣裳褴褛，所以来到这座城市，是因为有一位将军住在这座城市里。

抗美援朝，将军是他们军的军长，1955 年授中将军衔。当年在朝鲜，一把炒面一把雪，忍饥挨冻，国内一些人不知道，但将军知道。他和他那些被俘的战友在战俘营过的是什么日子，又是经过一番怎样的斗争才回到祖国的，国内的一些人不知道，但将军知道。他想见到将军，吐出自己心中的委屈。他在这座城市转悠了好几天，一天，一位老人听他讲述了自己的经历后，把将军的住处告诉了他。可是，在他站到将军家的门口时，突然又萌生了退回去的念头。当然，他认定将军会理解他们，但他不敢保证将军就在家里，不敢保证即便将军在家里，能不能见他。因为，他除了可以历数那些早就融进自己血液中，每当遇到无端的歧视时，唯一能平衡自己心状的关于那场被俘前的战斗，被俘时、被俘后的细节，无法向将军提供任何物件以证明自己的身份。

虽然已经是暮冬，风还是很凉很凉，他几次把手举起来欲叩门扉，又几次放了下来。就在他犹豫不决时，门开了，一位战士走出来，听完这位志愿军老战士的陈述后，随即报告将军，将军亲自出门把他迎进客厅，拉着他的手，和他一起坐在沙发上。这位在艰难困顿中不曾流过一滴眼泪的汉子，当着将军的面竟呜呜地哭了起来。将军手抚白发，仰天长叹，而后，亲自写了一张证明并馈赠路费，托人安排他到一人迹罕至，在那个年代，绝对没有造反派"革命"的地方，当了一名养路工人。

又十多年后，国家专此为曾经被俘的前志愿军战士制定政策，恢复了他们的军籍和党籍。政策落实后，这位前志愿军战士在北京开了一家餐馆而且颇有成就。他专程南下，去探望将军，没有想到的是，将军已经与世长辞，骨灰撒入长江。他问明骨灰撒入的江段后，租一机船，载满鲜花，在撒下将军骨灰的江段，将鲜花大把大把地抛在江中。江水有意，那些花束竟浮在江面上许久不沉，在阳光映射下，犹如一条五彩长练，在江面起舞，奇异无比。

将军与曾是战俘的士兵的故事，就是一件动人的关于旧部的往事。然而，这件事大概只能算作个例，对一般有过军旅生活体验的人来说，旧部通常多指老班长、老排长、老连长、老营长等，这些人不像前志愿军战士与将军，中间隔的阶级太高。他们多曾极为熟悉，一起摸爬滚打过数年，只要相遇，立即便生出许多热辣辣的回忆来。

一次我出差到一座城市，办完事情后，顺便去百货大楼给刚上学的儿子买了件玩具。走出百货大楼，刚想离开，一个熟悉的声音猛然传来："老排长——"我转身在人群中寻找时，她已经站在我面前，说，看到背影，但我断定是你。她理了一下鬓发，拉过身边的一个极美丽的女孩儿，说，这是我女儿，然后对女孩儿说，叫伯伯。那女孩儿仰起脸，甜甜地叫了一声伯伯。我没有犹豫，把刚买的玩具递到那个女孩儿手里。女孩儿的母亲没容我再说话，一连串地告诉我，我们师里都有谁转业在这座城市，还说师长也在这座城市里休息，干休所离这里不远。问我还在这里待几天，她可以陪我去看看大家。

这个女孩儿的母亲是我在新兵连当排长时的一位女战士，两个月的新兵连训练，我得了个老排长的终生称呼。每次听到她们这样叫我，那些风里雨里酸甜苦辣的记忆，便涌上心来，让我好一阵子平静不下来。

我改变了返回北京的时间，在这座城市又待了几天。她领着我兴奋地叩打着一扇扇门扉，而后是热烈握手、寒暄，坐下来倾谈、回忆……

最后一幕是我们十多个人一起走进老师长的客厅，站在两鬓斑白却不减军人英气的老人面前，齐声道：师长好！师长先是一惊，而后热泪盈眶，逐个握着我们的手，问：你是……回答是多样的：警卫连、工兵连、通信连、电影队、1团、3团……老师长显然不是十分熟悉他当年的这些士兵，但他竭力回忆并提及可以和这些前来探望他的士兵们相联系的人和事来。于是，每提及一件，便又是一阵热浪滚过。

告别时，老师长话音有些哽咽。离休后，他真的只是梦里铁马冰河了，他压根没有想到，有一天，一群他当年的士兵，会来看望他。送出我们很远，他仍不肯止步，我们就站作一排，齐声喊：师长再见！

我们当中，有一位就在驻这座城市的某部当团长。他告诉我，老师长身体不是太好，动过几次大手术了。他今天是过于兴奋。他还说，如若师长过世，要是能获准，他将带一个连队来为师长送行。

老师长的病情真的如他所说。我回到北京不久，便传来老师长病逝的消息，那个当团长的战友也真的获准，带领一个连队来向师长告别。据说，当他带着一连士兵肃穆地走过被鲜花簇拥着的师长的遗体时，前来参加告别仪式的老师长的亲朋故旧全都立正，目送这一连士兵缓缓走过。亲朋故旧中多是离休的老军人和老干部，这一连士兵唤起他们对当年虎跃龙腾的军旅生活的记忆。然而，即便没有军旅生活体验，又有谁不为眼前这特殊的一幕而怦然心动呢！一个戎马一生的老军人，在他离开这个他为之奋斗了毕生的世界时，有一列年轻的士兵为他送行，黄泉路上，当堪自慰。

记得我们一群人看望老师长时，曾留下一帧合影，照片洗好后，有人提议为照片命名，我想了想，说，就叫旧部吧。如今，那幅照片就夹在我的影集里。看过这幅照片的人，无不肃然起敬，感慨这些看起来普普通通的军人心中，竟然有如此浩瀚的感情之海，放射着如此强大的凝聚力。

话又说回来，在实际生活中，许多事务是十分微妙的，"旧部"这两个字也如此。一句"此去泉台招旧部"，无论从哪个角度解读，都是很凛然的，但古往今来，能收拾起旧时人马的人，有多少是为了天下黎民？怕多是为了皇位岌岌可危的皇帝，或者自己的爵位厚禄。征南战北，驰东奔西，夕阳大旗之下，哪里少得了断戟残剑、尸骨遗骸？不知是否基于此，历代那些军旅诗词中，悲壮之气总是重于豪情。如辛弃疾的《破阵子》，上阕从"醉里挑灯看剑"起句，到"沙场秋点兵"收住，字里行间，你能听到刀枪碰击、马蹄声碎。然下阕收尾，却是"了却君王天下事，可怜白发生"的长叹。和所有的历史人物一样，辛弃疾当然有他自己的一些局限，我们不能苛求，也不该苛求，举他，不过是为自己的看法找一些佐证而已。

到了近代，召集旧部的内涵才有了些许变化，只是上演的依然多是悲剧，如护国讨袁的蔡锷，连同段祺瑞、黎元洪、吴佩孚、冯玉祥这些北伐时期的人物，谁不曾扯起旗帜召唤旧部！只是无成气候者而已。

对于一件事物、一个人甚或一个词，有褒有贬，有扬有抑，其实再正常不过了，唯其正常，才能存活，而存活，又是为了这个世界更美好。直到有一天，旧部这个词，不论从何种意义上解释，也无论是对什么人来说，联想起的，都是一种纯粹的感情联系，如澄碧的水，如温柔的风，如洁白的云和炽烈的火。

　　　　　　　　　　　　　　　　　1989 年 11 月

# 阿　力

　　阿力是一条狗。准确地说，是师侦察连军犬班淘汰的一条小狗崽儿。

　　阿力刚生下来时小得可怜。师演出队在我们连参加冬训的几个女兵路过侦察连，看见那窝狗崽儿便挪不开步，侦察连的副连长极大方，对几个女兵说，喜欢，就把阿力抱走吧。阿力是生下来就起好的名字，几个女兵乐不可支，把阿力放在棉帽里抱了回来。

　　第二天早上出操，一个女兵没有戴棉帽，问为什么，那女兵不答，其他女兵则咔咔地笑。收操后，那女兵把阿力抱给我，说，排长，你管着吧。原来，阿力觉得待在棉帽里挺舒服，迷迷糊糊睡了一夜，早晨，跐打跐打走出来，摇头晃脑地折腾了几下，又回到棉帽里，在里面撒了泡尿，苦了的，就是那个女兵了。

　　很快，阿力便成了全连的宠物，一下课，兵们便把它逗得满操场疯跑，快活地汪汪直叫。有捣蛋的兵，又哄又骗，让阿力趴在自己脚面上，然后，猛地向空中踢去，当然是要接住，不会让阿力摔着。这种行径，自然会受到大家的指责。至于吃，倒不用发愁，炊事班时不时给它开小灶，就连连队最馋的兵也会把自己碗里的肉夹给阿力。阿力则十分乖巧，看到肉，从不急着吞下，而是绕着施主跑一圈，摇尾巴舔脚的，然后才叼起肉片跑到一边品味，让施舍给它肉片的人极其得意。越是如此，给它肉片的人越多，怕它撑坏，我便把肉片捡起来，学着军犬班，洗净晒成肉干，在阿力表现最出色时，作为奖赏扔到它嘴里。

阿力就这样长大了，出落得又漂亮又威风，除了没有受过正规训练，单就体态、气势，侦察连的几条军犬都无法和它相比。特别是发现什么时，身子一抖，双耳直直地朝前，长长的舌头红红的，极有规律地弹动着，从脑门向后，沿着腰脊，一道深灰色的毛须闪着幽幽的光，硕大的尾巴像狼一般拖在后面。这时，只要你一做手势，它便呜的一声，箭一般射向目标，侦察连副连长后悔得直咂嘴，连说，要知道阿力能长成这个身架，怎么也不会给那几个小女兵抱走。

转过这一年，侦察连的军犬班撤销了，军犬班成员连同军犬都转业到了地方公安部门，只有阿力还八面威风地奔来跑去。我们说，多亏给了那几个女兵，要不，再好也得交给地方。

阿力大出风头是1971年的9月底，师农场稻子熟了，从全师范围抽调了包括我们连在内的七八个连队抢收水稻。刚安顿好，便接到通知，每个连只留一名干部，其他干部立即到师教导队集中学习中央重要文件。我们连留下了我。

那天的报纸是傍晚送来的。我把几个班长叫过来，让他们看。阿力也过来了，1班长轰它走，它极不情愿。我招招手，它顺着墙根儿绕到我跟前蹲下，居然目不转睛地盯着报纸。1班长乐了，把报纸往阿力眼前一伸，说：看吧看吧，你能看明白吗？阿力似乎感到1班长对它的轻蔑，趴下来，把脑袋夹在两条前腿之间，索性闭上了眼睛。

尖利的军号声撕扯着黎明的凉意，七八个连队集合的动静荡起一片潮声。这是阿力创造辉煌的一天，七八个连队差不多都把自己养的狗带到了农场。每个连队把自己的队伍整理好后，向农场值日官报告番号、人数，按值日官的指挥，进行会操。我们连走到指定位置后，连队立正，阿力也站往，连队跑步，阿力也跟着跑步，连队齐步走，阿力也由跑变走，而且还合着口令的节奏，那神态，优雅得像一个绅士。农场值日官非但没有责怪我们把狗带到集合地，反而欣赏地拍了拍阿力的脑袋。

其他连队的狗便不行了，和阿力比，简直就是个混混，连队集合了，它们还绕着集合地瞎跑乱窜，气得值日官大声喊：除了阿力，哪个连队的狗哪个连队撵走！在其他连队的狗乱跑乱叫的时候，阿力站在我们连排头兵一侧，连看一眼它的那些同类都不看。

最叫绝的一幕是傍晚收工时上演的。

在半干不湿的地里割了一天稻子，几乎人人都累得直不起腰来了，有的，则索性坐在稻捆子上，巴巴地等待收工的号声。晚霞很艳，金红色的云线勾勒了整整半边天，风柔柔地可人。没割完的稻子依然起伏着一层金浪，割完了的地块，赭黑的泥土溢散着微微的腥咸。这里原来是盐碱滩，硬是引水洗碱才改造出这一片稻田。但是，那会儿没人顾得上欣赏这晚霞，景色，许多时候是供人回忆的。

吆喝声是从离我们连百十米的兄弟连的地块上传来的，一只野兔在嘈杂的吆喝声中拼命窜逃。兄弟连队的几条狗正死死地追逐着。那野兔想必是意识到在空旷的稻茬地里难以逃脱，一拐弯，穿过割稻人之间的空隙，钻进尚未收割的稻田里。几条狗无奈地狂吠了一阵儿，便蔫蔫地回到各自连队的旁边。

兵们当然不肯放过，围住那一大片稻田一个劲儿地喊叫，有几个兵把连队带到田头娱乐的锣鼓家伙也敲将起来。但是，那只野兔极其沉稳，任你怎么折腾，待在稻田里就是不出来。

这时，在一边看它的同类们傻跑半天的阿力上阵了，它围着那片稻田轻松地跑了一圈，然后，盯着一块稻田的一角，呜呜地低吠起来。我立即意识到阿力已经盯上了目标，几步赶过去，拍了拍它的右肋，往前一推，阿力倏地跃出丈余，在尚未收割的稻田间，搅起一个旋涡又一个旋涡。不一会儿，那野兔便被阿力赶了出来，重又在刚割完稻子的田间狂跑起来。

兵们再次亢奋起来，一片"阿力"的喊声，如同如今赛场上的啦啦队一样。阿力轻盈地跑动着，任那野兔怎么逃，总也不即不离地跟在后面。那点距离，只要几个蹿跳就可以追上，弄得野兔极度恐惧，恨不得肋下生出翅膀来。这时，兄弟连队得几只狗跑过来凑热闹来了，阿力显然不希望它们增援，转过身，狂吠几声，止住企图分羹者，复转身，再追那野兔。见这光景，兵们不再吆喝了，都站在田埂上，看阿力独自在稻田里表演。那几只狗大概是感到争利无望，也退出了角逐，嫉妒地站在田埂上。这时，阿力显然已经不需要分散精力旁顾左右，只几个跳跃，便把野兔扑倒，摁在左前爪下面。野兔在阿力的爪子下面动也不动，阿力按住野兔后也动也不动，大家则气都不喘地看阿力下一步怎样动作。

阿力先嗅了嗅左前爪下的野兔，昂起头，大吠了几声，松开左前爪放开野兔，抖动了几下身子，转过头，轻松地跑回连队。野兔意识到死神已去，打了个滚儿，只一刹那，便重新消失在稻田里。

阿里的"善举"让兵们惊诧不已。

大大地出了一次风头的阿力，在表现了自己的善良后，极得意地随连队返回驻地，一边跑，一边开心地叫上几声。我们心里也十分得意，但也有不解，这狗何以把嘴边的猎物放生？莫非也有怜悯之心？兄弟连队则调侃我们，说我们连养了条念佛吃斋的狗。

收完稻子后，我去军区参加了一期为时一个半月的学习班，回到连队时，已经入冬，大老远，看见阿力独自在营区外转悠。我远远地喊了一声，阿力一转头看见我，便四爪不沾地地奔跑过来，到了跟前，一下子站起来，两只前爪搭在我的肩头上，伸出大舌头，在我头上脸上舔了起来，好半天才站在我身边，一边使劲往我身上靠，一边低声地吠着。只以为是有段时间未见，要亲热亲热，即使它少有的低吠，也未能使我对它的命运产生什么思虑。以后联想起来，或许那是阿力向我暗示着什么，只是人与犬之间无法明白交流而已。

师机关的管理科长连续来我们连两次了，他说，阿力太有名了，要看看。但阿力却躲着他，不论谁唤都不肯近前。连长和科长开玩笑，说，阿力怕你。科长说，怕我作甚，我又不吃它。就在科长离开连队后，阿力不见了，第二天早上，还没有回来，几个小新兵在营区内外都找遍了，也不见踪影，苦艾艾地对连长说，阿力丢了。连长阴着脸，给炊事班长说，阿力回来，把它关到弹药库里。

这天下午，管理科长带着师招待所的两个兵又来到连队，要把阿力带走。连长说，阿力昨天就不见了。科长不信，让两个兵把连队的每一个角落都找了一遍，他们回来给科长说，没有。科长指着连长笑着说，你把它藏起来了，把弹药库打开让我看看。连长让文书打开了弹药库。科长见真的没有，指着连长说，算你小子精。然后带着两个兵离开了。有人看见，科长去了附近的一个村子，从村子里出来时，牵着一条挺肥的狗，上了吉普车。

原来，军区的司令员来师里了。司令员爱吃狗肉，战争年代，每打完仗，便叫人给他弄条狗宰了吃。偶尔，有狗在战场上被炸死，下边部队的人就会收拾干净给司令员送来。据说，一次司令员和政委一起乘车去某部，在山野间行驶了多半日，竟没有看见一条狗。司令员纳闷，问政委，怎么今天没见到一条狗呢？政委说，你来了，它们哪敢出来呀。如今，这样的笑谈该成为段子，而且传播率不会低。我们师长是司令员的老部下，他在许多场合都说过，那会儿他是团长，司令员是纵队司令，每遇到好狗，总是设法弄到手给司令送去。见师长说得兴起，我们这些年轻人便嘻嘻哈哈地插言，人家给朝廷送荔枝，你给司令员送狗肉。师长并不恼，也嘻嘻哈哈地说，荔枝哪有狗肉好吃。由此看来，管理科长来连队，显然是为军区司令员来师里做准备的。阿力躲开了，它的一个同类却成了司令员盘中的佳肴。

司令员的车队刚离开我们师，阿力就回来了，一身泥土，脏得简直不是它了，真不知道这几天，它躲在了哪里。

阿力的厄运没有因为司令员的离开而离开，接踵而至的是军队地方统一行动的打狗运动，说是为了预防传染病，地方上还专门设立了打狗办公室。

那会儿，全国学习解放军的口号喊得正响，军队自然要带头打狗，各个连队养的狗先后毙命于杖下。我们连舍不得阿力，找各种借口拖，阿力好像也知道外面在干什么，每天都在炊事班里趴着，连屋子也不出。当营区的狗们先后化作冤魂遁去以后，阿力便成了众矢之的。机关一天几个电话催促连队，连长还想着拖一拖，能把阿力留下来。机关当然知道连长打的什么主意，便安排一个参谋带地方打狗办的同志来到连队，显然是要地方同志看到军队参与打狗行动的决心。连长拗不过，只好挥挥手，让炊事班执行。那天，阿力并没有跑，或者它清楚，跑到哪里都躲不过。它从炊事班里走出来后，在连队营房前不急不慢地走，谁叫它，它都去舔舔谁的手。就这么在连队转了一圈后，走到连队饭堂后面，趴在平日炊事班择菜的地方不动了。

晚饭开饭时，饭桌上多了一盘肉，哪个班都没有吃，全被炊事班倒进泔水缸里了。

以后很长一段时间我都在想，要是那几个女兵没有把阿力抱回连队？要是司令员来师里时，阿力跑了没有再回来？要是没有什么至今仍不明就里的打狗办、打狗运动？然而，假设是不存在的，阿力太好了！可是，好，难道也是它的过错吗？

连队文书有记事的习惯，第二天，他对我说，他已经把阿力的事写进连队的大事记中了。我问，连长看了吗？文书答，连长不看。

1994 年 5 月